ずんだと神様

一膳めし屋丸九㈦

中島久枝

時代小説文庫

角川春樹事務所

本文デザイン／アルビレオ

目次

お高(たか)◆日本橋北詰の一膳めし屋「丸九」のおかみ。
父・九蔵が料亭「英(はなぶさ)」の板長を辞めて開いた店を、
父亡きあとに二十一歳で引き継いだ。三十歳。

お栄(えい)◆四十九歳。最初の夫とは死別、
二度目の夫と別れてからはひとりで生活し、先代のときから丸九で働く。

お近(ちか)◆丸九で働く十七歳。仕立物で生計を立てる目の悪い母とふたり暮らし。

徳兵衛(とくべえ)◆丸九の常連。「升屋(ますや)」の隠居で、なぞかけ好き。

惣衛門(そうえもん)◆丸九の常連。渋い役者顔で、かまぼこ屋の隠居。

お蔦(つた)◆丸九の常連。五十過ぎで艶っぽい端唄の師匠。

政次(まさじ)◆お高の幼なじみ、仲買人。妻・お咲との間に二人の子供がいる。

草介(そうすけ)◆お高と政次の幼なじみ。尾張で八年間修業してきた「植定(うえさだ)」の跡取り。

双鷗(そうおう)◆厳しい画塾を開く高名な絵師。

作太郎(さくたろう)◆双鷗画塾で学んだ絵師。英の先代の息子。

もへじ◆双鷗画塾で学んだ絵師。

一膳めし屋丸九（まるきゅう）七

ずんだと神様

第一話　七夕と黄色いそうめん

一

文月という名は、七夕の夜に書を広げて夜気にさらす「文披月」にちなんだものだという。別名「愛逢月」。七夕の夜は屋根や物干し台に笹を飾るのが習い。赤や黄色の短冊や吹き流しが夜空を彩るのだ。

「もう、こんな季節なのね」

日本橋の北の橋詰近くにある一膳めし屋丸九のおかみのお高は、青々とした葉をつけた笹を手にしてつぶやいた。

いつも野菜を頼んでいる八百屋の七蔵が、今年に限ってめずらしく笹を持ってきた。

「縁起物だからね、こういうものは、ちゃんちゃんとやったほうがいいよ」

そう言われてお高は買った。

「いいですねぇ、七夕。今日、仕事が終わったら飾りつけをしましょうか」

米を計りながらお栄が言う。

「ね、どこに飾るの？　屋根の上？」

若いお近がはしゃいだ声をあげた。

丸九は味が評判の一膳めし屋だ。朝も昼も白飯に汁、焼き魚か煮魚、野菜の煮物か和え物、漬物、それに小さな甘味がつく。

五と十のつく夜は店を開いて酒を出す。もっとも酒の肴はごく簡単なものしかない。

おかみのお高は三十になる大柄な女で、肩にも腰にも少々肉がついたが、きめの細かい肌はつややかで、髷を結った黒々とした髪は豊かだ。黒目勝ちの大きな瞳は生き生きとしている。

お高を支えるお栄は四十九。やせた体できびきびとよく動く。細い目に薄い唇の小さな口。その口がときどき厳しいことを言う。

お近は十七。薄くそばかすの散った顔にくりくりとした目ばかり目立つ娘だ。仕立物を生業としている母親とふたり暮らしをしている。

丸九はまだ夜の名残が漂うような早朝から仕込みに入る。

裏の井戸で土のついた大根を洗うと、まぶしいほど白い肌が現れる。青菜の根っこについた土を洗うと、青臭い匂いがあたりに漂う。まな板にのせて刻めばシャキシャキと軽やかな音をたて、水を含んだ切り口は朝日に光った。

腕まくりしたお栄がぬかみそをかき混ぜて、瓜を取り出す。

「いい具合に漬かっていますよ」と言うのも、毎朝のこと。お近がへっぴり腰でぐらぐらと煮立った鍋にしじみを加える。貝がぶつかりあって鍋が鳴り、しじみたちはいっせいに口をあけ、たちまち湯は白濁する。

三升炊きの大釜から白い湯気があがり、みそ汁から香りが立ち上がるころ、店の前にはひと仕事を終えた河岸で働く男たちが並びはじめる。

お近が丸に九の字を染め抜いた藍ののれんを出すと、男たちが次々に入って来て、十席ほどの小さな店はたちまち一杯になった。

「朝から暑いねぇ。それで、今日の飯はなんだい」

赤銅色の肌をした男がたずねる。太い腕には力こぶ、背中も盛り上がっている。

「今日はしじみのみそ汁にかさごの煮つけ、青菜と大根のじゃこ炒め、瓜のぬか漬け、甘味は白玉の梅蜜かけです」

「一昨日もかさごじゃなかったかい」

「脂がのって、今が旬なんですよ。うちの煮つけはたれが甘じょっぱくて、白身のほうはふっくらとやわらかい。ご飯がすすみますよ」

お近は堂にいった受け答えをした。

男はちらりと隣の膳を見る。

温かい白飯はつやつやと光って、みそ汁はぷんといい香りが立っている。ほどよく漬かったぬか漬けはみずみずしい。にんじん、しいたけ、いんげんのはいったおからや、白玉にもそそられる。しかし、なんといっても、うまそうなのは濃い目の煮汁で仕上げたかさごだ。さあ食べてくれ、骨もせせってくれといわんばかりに、身をそらせている。

「ああ、まぁ、そうだな。今の季節はかさごで決まりだな」

男は大きくうなずいた。

働く男たちが去り、代わりにやって来るのは、惣衛門（そうえもん）、徳兵衛（とくべえ）、お蔦（つた）たち、おなじみさんである。惣衛門はかまぼこ屋、徳兵衛は酒屋の隠居で、端唄（はうた）師匠のお蔦と連れだってやって来る。

「こうやって気の合った人たちと、うまいものを食べる。これが幸せってもんですよ」

惣衛門が言う。

「まったくだねぇ。最後に残る欲は食べることだ。これがなくなったら、人間、おしまいだね」

お蔦もうなずく。

「なんかさぁ、今日あたりはそうめんが食べたいねぇ」

膳を運んできたお高に徳兵衛がつぶやく。

「ほら、食欲って言ったってさ。こう暑くちゃ、なんにも食べる気がしない。そうめんでするするっといきたいんだよ。ひと口でいいんだ。なんとかならないかねぇ」

甘えるような顔になった。

暦(こよみ)の上ではすでに秋だが、真(ま)っ青(さお)な空に入道雲が浮かんでいる。お日様は今日も元気いっぱいだ。まかないにしようと思っていたから、そうめんの買い置きはある。つくってくれないこともない。一瞬の迷いが顔に出たらしい。

「頼むよぉ」

「またそんな、お高さんに無理を言って。困った顔をしているじゃないですか」

惣衛門がたしなめる。

――まぁた、そんな年寄りのわがままを聞いたら大変ですよ。

お栄の声が聞こえたような気がした。

「だけどさ、ほら、今日は七夕だし。そうめんってのは、七夕の食べ物なんだろ。織姫(おりひめ)さんにちなんで」

細く長いそうめんを機織(はたお)りの糸に見立てたらしい。

そんなわけで、結局、お高はそうめんをゆでることになった。

ぐらぐらと白い泡をあげて煮立っている湯に、白いそうめんをぱらりと広げて入れる。箸でひと混ぜすると、そうめんは次々と湯に沈み、なめらかな糸となる。頃合いを見計らってざるにあげ、冷たい水でしめる。

水をまとったそうめんは、輝くような白である。冷たい水を入れた器に放すと、やわらかく揺れた。なんだか色っぽい。

つゆは、いつも使っているそばつゆをだしで少し割り、砂糖で甘味を足した。

裏の空き地の青じその葉をちぎり、細切りにする。たちまち清々しい香りが立ち上がる。ねぎが加わると、おいしさは倍になる。まな板がとんとんと乾いた音をたて、白いみじん切りの山が出来た。隣でお近が生姜をすりおろしている。

薬味はたくさんあったほうが楽しいから、干ししいたけの煮物を細切りにし、白身魚のでんぶもつけることにする。

「気持ちはわかりますけどね。いくらなんでも、そんなに薬味をつけたら、足が出ますよ」

膳をのぞきこんで、お栄が言う。徳兵衛たちだけというわけにはいかないから、ほかのお客にもふるまうことになる。

「じゃぁ、熱いみそ汁かそうめんのどちらか」

そうしたら、どのお客もそうめんを選んだ。どの席でも、するする、つるつる食べている。

「ありがと、うれしいねぇ。これだから丸九はいいんだよ」

そう持ち上げて、しばらく夢中で食べていた徳兵衛だが、ふと顔を上げた。

「お、ひとつ浮かんだぞ」

徳兵衛が得意そうな顔になった。いつもの、なぞかけをするつもりらしい。

「そうめんとかけまして」

「はい、そうめんとかけまして」

惣衛門が受ける。

「お坊さんととく」

「そうめんとかけてお坊さんととく。その心は……」

「……どちらもつるつる」

徳兵衛が答えるよりも早く、入り口近くに座ったお客が大きな声で言った。

「だめだよぉ、先に言っちゃぁ」

がっかりした徳兵衛の声が響いて笑いがおこった。

食後にお高が冷たい白玉を持って行くと、徳兵衛がまたねだるような目をして言った。

「前からずっと食べたいと思っていたんだけどさ、今度、あの黄色いそうめんをつくってくれないかな」

「黄色いそうめん？　白じゃなくて」

「うん、黄色。この店で何度か食べたことがある。親父さんがまだ、いたころ」

「ありましたかねぇ、黄色いそうめんなんて」

惣衛門が首を傾げた。

「あたしも覚えてないよ」

お蔦も続ける。

「なんだよ、忘れちまったのか。だめだよ、あんなうまいもん。まぁ、そんなにしょっちゅうじゃなかったね。一度か、二度か。酢の物にしてた。するするっとして爽やかっていうのかな。とにかく、この季節にうまかった。あれが、もう一度食べたいんだ」

徳兵衛は言いつのる。

丸九はお高の父の九蔵がはじめた店だ。九蔵は両国の英という名店の板長だった男だ。十六年前、病に臥せった女房のおふじのそばにいてやりたいと、この店を開いた。その九蔵が倒れ、お高が店を引き継いだのは九年前、お高が二十一のときだ。

徳兵衛は九蔵が店を出したばかりのころから通ってきている。

だから、昔のこともよく知っているのだが、店をはじめたばかりのころお高は母の看病に忙しく、何を出していたのかよく知らない。

「そうですか。今度、乾物屋さんに行ったら聞いてみますね」

お高は答えた。

午後遅く、店を閉めてから笹の飾りつけに取りかかった。

その昔、七夕には早朝にからとり（里芋）の葉にたまった夜露で墨をすり、和歌を書いて学問や書道の上達を願ったそうだ。江戸にはいって庶民に広がった七夕祭りはもっと簡便で、短冊やそのほかの紙の飾り物を売る行商人もいる。

お高も行商人から飾り物をいくつか買った。

魚を獲るための網を模した切紙細工は、食べ物に困らないように、たくさんの幸運を集めるようにという願いをこめて。

赤や黄、緑の紙で作られた着物は、裁縫の上達を願うもの。病や災いの身代わりにもなるという。

お金が貯まるようにという巾着、吹き流し、すいかやほおずきを象ったものもある。もちろん、短冊もたくさん。

「短冊には願いごとを書くんでしょ。なにがいいかなぁ」

お高が墨をする横で、お近があれこれと考えている。

「家内安全、商売繁盛……、相変わらず色気のないことですねぇ」

お高の短冊を見て、お栄が呆れたようにつぶやく。

「あら、そういうことを書くんじゃないの？」

「違いますよ。近ごろは神社の絵馬だって、もっと気のきいたことを書いてありますよ」

「そうかしら」

お高は首を傾げた。お近はさっさと筆をとって書いている。

「おいしいものがたくさん食べられますように」

「太りたくないって言いながら食べるんだから勝手なもんだ」

そう言うお栄の短冊には「楽しいお酒が飲めますように」と書いてある。

「あら、どなたと飲むのかしら」

「決まっているじゃないですか。そういう野暮なことは大人は聞かないもんなんです」

にんまりとする。どうやらお栄と糸問屋の時蔵との仲はうまくいっているらしい。

お高は筆を持ったまま考えてしまった。

何を食べるかも大事だけれど、誰と食べるかはもっと大切だ。何をと、誰とがふたつ一緒になって初めて本当に、おいしいになるのだ。

しばらく作太郎の顔を見ていない。

絵描きを名乗ってはいるが、両国の料理屋の英の跡取りであった男だ。店が回らなくなって手放した。これからは絵に専念したい、友人のもへじと一緒に住むと言っていたが、その後はどうなったのか。

「今日も作太郎さんはお見えになりませんでしたねぇ。お忙しいんでしょうねぇ」

お栄がつぶやいた。

「作太郎さんなら元気だよ。もへじと一緒に絵を描くんだって」

筆を持つ手も止めず、お近があっけらかんとした調子で言った。

「そうなの？　お近ちゃん、その話、もへじさんから聞いたの？」

「違うよ。もへじのところで一緒にお茶漬けを食べたんだよ」

「お茶漬けって、それ、まさか、あんたがつくったんじゃないよね」

お栄がたずねた。

「もちろんだよ。もへじがつくってくれたんだ。焼いた油揚げを刻んで、ごまともみのりをのせた。ああ見えて料理上手なんだよ。作太郎さんもうまい、うまいって食べていた」

「はは、そりゃぁ、いい。作太郎さんもそれで、もへじさんの居候になったんだね」

お栄は笑う。

いやいや、そういう話じゃなくて。

お高はお近に向き直った。

「お近ちゃんは、もへじさんのところに、もう何度も行ったの？　絵のお手伝いかなんかで？」

「違うよ。遊びにおいでって言われたからだよ。もへじは面白いし、一緒にいると楽しいんだ」

「そう……」

「もへじにそう言ったら、もへじもうれしそうにしていた」

「おや、ごちそうさまだねぇ」

お栄が笑う。

お高は言葉に詰まった。

以前からもへじに懐いていたお近だが、かっぱ釣りの一件以来、その距離はぐっと近づいた。おじさんと姪っ子のような関係ではなく、もっと親しい……。

「あたし、もへじが好きなんだよ。あの人は大人だけど、ふつうの大人とはちょっと違うんだ。そこいらの大人はすぐ説教したり、偉そうに文句を垂れるだろ。もへじはそうじゃないんだ」

「はいはい。すぐ説教垂れる大人で悪うござんしたね」

短冊を笹の葉に結び付けながらお栄が言う。

「お栄さんはいいよ。ちゃんとしたことを教えてくれるから。あたしが言うのは、そうじゃなくてさ……」

ふたりが掛け合い漫才のようにしゃべる横でお高は黙ってしまった。

一緒にいると楽しい。好きなんだ。

いつも思う。どうしてそんな大事なことを、お近はあっけらかんと口にできるのか。

お高があれこれと胸のうちに思案して、考えるばかりで何ひとつできずに、ただ作太郎が店に来るのを待っている間に、お近はさっさともへじの家に行き、お茶漬けを食べていた。

それがお近の若さなのか。

お高の堅苦しさなのか。

「なんだ、作太郎さんはもへじさんの家で楽しくやっているのか。じゃぁ、お高さんも引っ越し祝いでも持ってたずねていけばいいじゃないですか」

お栄が言った。

「そうだよ。お高さんが行ったら、もへじも作太郎さんも喜ぶよ」

お近も誘う。

「だけど……」

「あ、ほら、そうめんを持って行ったらどうですか？　毎日お茶漬けじゃ、飽きるでしょ。しいたけを煮たのとでんぶがあれば、うんとおいしくなる」

お栄に背中を押されてお高はあいまいにうなずいた。

もへじの家に落ち着いたなら、どうして作太郎は丸九に来ないのだ。お近と会ったなら、ひと言くらい何か言付けてくれてもいいではないか。

そんな気持ちがわきあがってくる。

すっかり親しくなって、気軽に家に出入りしているお近が少し憎らしく、そして、お高の気持ちを分かっているくせに何も言ってくれない作太郎がうらめしい。

お高だって会いに行きたければ行けばいいのだ。そういうところが素直でないのか。かわいげがないというのか。だからいつも、もうひと息のところで距離が縮まらないのか。

あれこれと心は迷っているが、手のほうは勝手に動いて七夕飾りは出来上がった。

「まぁ、きれいですよ。立派、立派」

お栄がうなずく。

お高たちは笹を持って二階に上がった。物干しに出て、柱に笹をくりつけた。

物干しからながめる空は夕暮れが近づいていて、薄青い空に浮かぶ雲は光を受けて茜色に輝いていた。あちこちの屋根からのびた七夕の笹は、涼やかな風に身を任せて揺れ、色とりどりの吹き流しや短冊が風になびいていた。

「気持ちのいい日暮れですね」

お栄が言った。

「そうねぇ。今日も無事に終わりました」

お高は答えた。

二

もへじの家は日本橋にある。双鷗画塾からもほど近い、路地のどんつきの古い一軒家で、周囲は木に囲まれている。

　家の前まで来ると、お近は当然というふうに声をかけた。

「もへじ、来たよ」

「ああ、お近ちゃんか。よく来たね。あれ、お高さんも一緒ですか。これは、これは。ちょうど少し休もうかと思っていたんですよ。どうぞ、お上がりください」

　もへじに促されて家に上がる。お近は慣れた様子で座敷に向かい、勝手に座布団を取り出してお高にすすめた。

「お近ちゃん、戸棚に煎餅があるから、お高さんに出してくれ」

　そう言って自分は奥に引っ込む。どうやら、湯を沸かそうとしているらしい。

「私がやりますから」

　お高が腰を上げようとすると、もへじが制した。

「ああ、気にしないでください、座って、座って。人にいれてもらうお茶も、いいもんですよ」

もへじは盆に急須と湯飲みをのせながら、奥の部屋に声をかけた。

「おおい、作太郎、お高さんとお近ちゃんが来たよ。ひと休みしようぜ」

「ああ、分かった」

返事があって、作太郎が顔を出した。

「いや、こんな調子でもへじのところに、やっかいになっているんですよ」

作太郎は当たり前な顔をしてどっかと座り、もへじがひとりで茶の用意をしている。

「お互い気を遣わない相手だからいいんですよ。部屋はたっぷりあるしね」

玄関を入って右はもへじ、左が作太郎の部屋で、真ん中にあたるこの座敷で食事をしているらしい。

「もへじといると便利なんだよ。飯はつくってくれるし、話し相手にもなる」

「そうだな。ひとりのときは面倒だから、つい外に飲みに行ってたけど、作太郎が来てから自分で飯をつくるようになった」

もへじがのんきな様子で答える。これでは、どちらが居候か分からないようだ。

お高がそうめんと煮物やでんぶなどの付け合わせを出すと、もへじはうれしそうに目を細めた。

「やあ、ありがとう。そうめんかぁ。久しぶりだな。うれしいよ」

「しいたけの煮物にでんぶか。うまそうだなぁ」

作太郎も笑みを浮かべる。

「お仕事のほうはいかがなんですか」

お高はたずねた。

「そっちも、うまくいきそうなんだ。もへじが地本問屋を紹介してくれたんだ。室町にある藤若堂ってところなんだ」

「知っていますよ、ご主人は萬右衛門さんという人でしょ。以前、お蔦さんの息子さんのことで何度かお会いしました。丸九にもいらしたことがあるんですよ」

「なんだ、そうかぁ、縁があるなぁ」

作太郎は答えた。

地本問屋は本をつくって売るのが仕事だ。文を依頼し、絵を描かせ、職人に版木を彫らせ、紙に刷り、本の形にする。萬右衛門というのは、面白くてよく売れる本を何冊も世に出しているやり手の男だ。

お蔦の息子の文太郎も、この萬右衛門に目をかけてもらって『恋文百篇』を書いて当たりをとった。

「ちょうど、これから、その人が来るんですよ」

もへじが言った。

「あら、じゃぁ、私たちは失礼をして」

お高は部屋の隅にいるお近に目をやった。お近は三人の話には加わらず、ひとりで黄表紙(きびょうし)を読んでいた。

「ねぇ、この本、すごく面白いよ。あたしはこれを読み終えてから帰る」

「そうか、じゃぁ、そうしたらいい」

もへじも一向に気にしないふうで答える。その様子は仲のよい叔父(おじ)と姪のようでも、もっと近しいようでもある。

お近の言う「もへじが好き」とはどういう意味なのだろう。

もへじはそれをどう受け取っているのか。

他人事(ひとごと)ながらお高は気がかりだ。

そうこうしているうちに玄関で訪う(おとな)声がした。萬右衛門がやって来たのだ。

「ごめんください。失礼しますよ」

入って来た萬右衛門はお高の顔を見て、少し驚いた様子になった。

「おやおや、丸九のおかみさんじゃぁないですか。めずらしいところでお目にかかりました。もへじさんとは懇意(こんい)なんですか」

「店のお客さんなんです。双鷗画塾の方たちにはいろいろご縁もありまして、私どももお世話になっております」

お高は答えた。

萬右衛門は灰色がかった藍色の着物を着ていた。羽織の紐(ひも)は鮮やかな翡翠色(ひすいいろ)だ。えらの張った四角い顔で二重(ふたえ)まぶたの力のある大きな目をして、低くて張りのある声をしている。それが、いかにもやり手の店主という感じがした。

「そうですかぁ。もへじさんとはね、最初、居酒屋で会ったんですよ。話が面白いので何をしているんだと聞いたら絵描きだと言う。しかも双鷗画塾にいるというから、これは手放しちゃいけないと思いましてね」

萬右衛門が豪快に笑うと、もへじが続けた。

「最初、黄表紙の挿絵(さしえ)を描いてくれと頼まれたんですよ。そうすると何枚も描かなくちゃならないだろ。めんどうだから嫌だと言ったら、美人画はどうだって言いだして」

「つい最近では、暦の表紙をお願いしましたよ」

「あたしを写生したやつだよね」

黄表紙から顔を上げてお近が言った。

お近はもへじの用意した着物を着て、もへじがその姿を描いた。お近は自分の姿絵が表紙になると思っていたが、出来上がったのは流行(はや)りの浮世絵美人画で、お近と分かる箇所はひとつもない。それで、お近はひどく落胆したという一件があったのだ。

「さらさらっと簡単に描こうと思えばできるのに、この人は毎回、人を頼んで写生からはじめる。だから、もへじさんの絵はいいんだな。絵空事でない、確かさがあるんですよ」

萬右衛門は持ち上げる。

「あんたのところは、金がいいから助かるよ。そのうえ、うまいよな。金がなくなったころ、また仕事を持ってくる」

「それが商売ですから」

つるりと答える。

以前、お高が店をたずねたときは、もっとざっくばらんな話し方をしていた。これは、商い上のしゃべり方なのだろう。

「ところで、今回は作太郎さんにお願いしようとうかがったのですが……。なんでも作太郎さんは英の息子さんだったそうですね。あれは、いい店でした。いや、私なんぞは、話に聞くだけでうかがったことはありません。なにしろお客様がすごかった。書家に俳諧師、漢籍の学者さん……。私も末席に連なって遊んでみたかった」

「いや、まぁ、それは昔の話ですから」

作太郎が答えた。英は江戸風料理を謳い、作太郎の父が大きく花開かせた店だった。早馬で取り寄せたたけのこやみかんなど、話題にはことかかなかった。お客たちには文人墨客も多く、夜な夜な客として集まる人々が互いに影響を与え合う。英に行くという、そのことが自慢になった。

「だとすると、作太郎さん自身もお父上から、さまざまなことを学んだのではないですか」

「たしかに父のまわりには、いつもたくさんの方々がいましたよ。客というより、友人のように楽しそうに語らっていました。双鴎先生もそうしたひとりでした。画塾で学ぶことができたのも、父のおかげだ」

そうでしょうともと言うように、萬右衛門はうなずいた。

「作陶にも力をいれているとか」

「いや……、あれは……気まぐれといいますか……」

「いやいや、それこそ面白い。ここへ来る途中、あれこれ考えていたんですよ。そうして、作太郎さんのお顔を見て決心がついた。もへじさんは美人画がお得意だ。ざっくりとしているようだが、周到な準備を重ねて描いている。もへじさんの美人画は、生きているんですよ。決まりごとがあるから、顔も体つきもよく似ている。だけど、よく見ると、一人ひとり性格がある。この子の年は十七、気が強いけれど泣き虫だとかね、そういうことが伝わってくる。楽しいんだ」

そこで萬右衛門はお高がいれた茶を飲んでひと息ついた。

「だけど、作太郎さんの魅力はそこではない。あなたのよさを引き出すのは美人画ではなくてね……」

萬右衛門はひと膝乗り出した。

「いっそ、話のほうも書きませんか？　絵と話と両方。あなたには恋川春町の香りがある」

「はぁ」

さすがに作太郎も驚いた顔になった。

恋川春町は江戸町人文化が華やかだった文化文政よりもひと時代前の人だ。戯作者で浮世絵師、酒上不埒という名で狂歌も詠んだ。『金々先生栄花夢』という黄表紙を書き、そこから黄表紙の人気が高まった。

「恋川春町は二本差しのお侍で育ちがいい。教養がある。絵も端正なんだ。だからね、あのとっぴな、言ってしまえばばかばかしい話がうまくはまった。世の中を批判しているところがいいって人もいるし、そんなの関係ねぇよって人もいる。両方楽しませてくれるんだ」

にやりと笑った。

「そういうものですか。いや、文まで書くことになるとは思わなかったから、すぐには、ちょっと返事はできない」

作太郎は慎重に答えた。

「もちろんですよ。ゆっくり考えてください。黄表紙の挿絵ではこっちもたいした金は払えない。作太郎さんのような方に、それではもったいないと思いましてね」

しゃべるだけしゃべると、萬右衛門は立ち上がった。

萬右衛門を見送って戻って来た作太郎は、首を傾げた。

「なんだか、狐（きつね）につままれたような気分だなぁ。絵はともかく、文を書くなんて考えていなかったから」

「乗ってみるのも悪くないかもしれねぇな。黄表紙なんかいくらやっても、たいした金にはならねぇ。それがやりたいってのなら話は別だけど、時間ばっかりとられるから、自分の絵を描く時間がなくなる。なに、難しく考えるこたあねぇよ。面白けりゃぁいいんだ」

もへじは気楽なことを言う。

「そうだな。少し考えてみるか。しかし、腹が減ったな」

気づけば夕方である。

台所からお近の声がした。

「もう少し待ってなよ。今、そうめんをゆでてるからさ」

「おお、気がきくじゃねぇか」

そう言って台所に行ったもへじの大声が聞こえた。

「おい、なんだ、こりゃ。これがそうめんか」

お高と作太郎が台所に行くと、鍋を前にしてお近が困った顔をしていた。

「なんかさぁ、そうめんが団子になっちゃったんだよ」

薄く湯気をあげた鍋のゆで汁は白く濁って、底のほうに白い塊が見える。

「お近ちゃん、もしかして、水からそうめんを入れた？」

「うん。あ、そうかな。そうだった」

丸九で何度もお高がそうめんをゆでるのを見ていたではないか。

「だって、お湯が沸くのを待っているのがだるかったんだよ」

もへじが白い塊を取り出して、ふやけてぐずぐずになった端のほうを少し食べた。

「悪いけど、うまくはないよ。せっかくお高さんが持ってきてくれたそうめんだけど、捨てるしかねぇか」

「そりゃもったいない。いっそ焼いてみたらどうだ？　揚げ焼きみたいにさ」

作太郎は鍋にごま油を温め、だらりと伸びてからまった白い塊を鍋に入れた。ぱちぱちと大きな音をたてて水がはね、しばらくすると香ばしい香りがしてきた。ひっくり返すと、きつね色に焼けている。

「お、なんか、いい感じだ」

もへじが喜ぶ。

「そうだろ。ちょいと押してみるか、中まで火が通るように」

ぐいぐいとへらで押す。

「ねぎとか、生姜をのせるといいな」

もへじは棚から取り出して刻みはじめた。

「しいたけの煮物とでんぶもありますから」

お高は言いながら皿と箸を用意した。

焼きあがったそうめんを作太郎は切り分けた。表面はこんがりと香ばしく、中はふんわり焼けている。醤油をかけてひと口かじる。

「ああ、食える、食える。味がないから、なんか、かけたほうがいい」

もへじは自分の皿にねぎと生姜を入れ、酢醤油をつくる。

「おお、悪くねぇ」

作太郎はでんぶをのせて食べはじめた。

お高もおそるおそる手をのばす。

「あら、おいしいわよ。お近ちゃん、食べてごらんなさいよ」

しょげていたお近も、ひと口食べてにっこりした。

「端っこのぱりぱりしたところが、おいしいよ」

海苔がいいとか、桜えびが欲しかった、いや、揚げ玉だと勝手なことを言いながら、四人で全部食べてしまった。

「そうめんが、とんでもないことになったな」

作太郎が笑った。

「そういや、恋川春町の黄表紙にそうめんが出てくるのがあったぞ」

茶を飲みながらもへじが思い出したように言った。

「ああ、あった。たしか『化物大江山』だ。そうめんは位の高い大納言だった。そうか、ああいうことか。なんでも、ありってことか。いや、突き抜けたくらいがいいのか」

「ほう、やる気になってきたか」

「私も読みたいわ」

そんなふうに、四人で笑いあった。

三

徳兵衛が食べたという黄色いそうめんのことが気になっている。

昔、丸九で食べたというのなら、つくってみたい。

日本橋の知り合いの乾物屋に行ってたずねた。

「黄色いそうめんなんて聞いたことがないですよ。そうめんは白いもんなんです」

年寄りの番頭は今さら何を聞くという顔をした。

そうめんはうどん粉に塩と水を混ぜてよく練り、綿実油などを塗ってよりをかけながら引きのばして乾燥、熟成させたものだ。

「よりをかける」のが特徴で、そこがうどんなどほかの麺と違う。奈良の時代に中国から伝わってきた「索餅」が由来で、これはうどん粉、米粉を練って縄のような形にねじったものといわれている。

「じつは、お客さんから黄色いそうめんを食べておいしかったと言われたもので」

お高が言うと、番頭は首を傾げて考えている。

「九蔵さんのことだから、自分でつくったんじゃないですか？　そうめんは聞いたことがないけれど、うどんを自分で打つ人は多いですよ。にんじんの汁でも加えれば黄色くなりますよね」

父がうどんを打っている姿は記憶にないが、凝り性だからないとはいえない。

番頭は親切にうどんの打ち方を教えてくれた。

お高は教わった通りにやってみることにした。

台の上にうどん粉を山形に盛り上げておき、てっぺんをくぼませる。そこに、水と塩を混ぜたものを流し、まわりを崩すようにして混ぜていく。

全体がひとまとまりになったら、餅のようにつるりとなるまで体重をかけて揉み込む。店によっては足で踏むところもあるそうだ。

お栄もお近も帰った後の店で、ひとりでうどんを打つ。

丸めた生地を力をこめてまな板に打ちつけると、まな板が揺れてどしんどしんと大きな音をたてた。しばらくすると、でこぼことしていた表面が、少しずつなめらかになってきた。しかし、最初考えていたよりも力が必要で、しばらくすると額に汗が浮かんだ。教えられた量の半分でつくってみたのだが、なかなか骨が折れる。

一時ほど休ませてから打ち粉をふった台で平たくのばし、三つ折りにしてから切っていく。

もちろん、そうめんのように細くは切れない。冷や麦ほどの幅にするのも大変だ。

思いついて、表面に油を塗ってねじりながらのばしてみた。べとべとと手についたうえ、引っ張るとぶつぶつ切れた。

やはり、そうめんにはそうめんの技があるのだ。

だがゆでてみると、それなりの味になった。つるっとしていてのどごしがいい。こしはさほど強くない。どちらかといえばやわらかい。お高の力が足りなかったのか。それとも粉のせいか。

思い出してみると、父はいつも工夫を重ねていた。だしをとるのでも、かつお節にさば節を混ぜ、昆布を加え、また減らした。

毎年、少しずつ変えていく。

――だって、お前、去年と今年じゃ、食べる方の口が変わってるんだ。おいしいと思う味も違うんだよ。

去年は長梅雨で、明けても肌寒い日があった。今年は梅雨が短く、晴天が続く。コクがあるものが食べたいか、さっぱりとしたものがおいしいか。微妙に変わる客の味覚を、的確にとらえようとしていたのだろう。

九蔵は料理にまっすぐで、迷いがなかった。つねにおいしいものを探求していた。料理をするために生まれてきたような人だった。

お高はまだまだだ。

あれこれ考えることが多すぎる。

立ち上がって、冷えた茶を飲んだ。

もう一度、うどんを打ってみよう。今度は黄色い麵。

にんじん？　いや、卵だ。卵黄を入れてみる。

卵黄に塩と水を加えて麵をつくるのだ。


「どうですか？　こんなものをつくってみたんですけど」

いつものようにやって来た徳兵衛に、お高はゆでたばかりの卵麵を持って行った。

白磁の小鉢に卵黄色の細麵が入っている。三杯酢がかかり、薄紫の花をつけた穂紫蘇が飾りだ。

「これ？　えっ、何」

「だから、前、おっしゃっていた黄色いそうめん」

「でも、これ、そうめんじゃないよ」

「そうなんですけど……」

お高は長々と説明をすることになった。

「だから、そうめんみたいに細くはできなかったんです」

「そうかぁ」

箸をとった徳兵衛は首を傾げる。納得していないらしい。

「どれどれ」と惣衛門とお蔦も味見をする。

「これは、三杯酢より麺つゆのほうがおいしいね」

お蔦があっさりと言った。

「でも、卵の味がしてうまいですよ。滋養もありそうだ」

惣衛門が取りなす。

「お高ちゃん、俺が言っているのは、こういうのじゃなくてさ。もっとしゃきしゃきしているの。野菜っぽいんだ。それでもって細くて長いの。そうめんみたいに」

「野菜、ですか」

じゃぁ、うどん粉を使わないのか？

お高はまた分からなくなった。

「それ、大根なますだったんじゃないですか。昔のことで、白を黄色と思い違いをしているとか」

「違う、違う。大根じゃないよ。そんなら、俺だって分かるんだよ。そうじゃなくてね、ああ、困ったなぁ」

いや、お高だって困っている。

店を閉めて片づけをしていると、作太郎がやって来た。

「この前はありがとう。それでね、今日はお誘いです。落語を聞きに行きませんか。例の黄表紙のことを考えていたら、参考になりそうな気がしてきたんですよ」

「もちろんです」

お高はすぐに支度をした。

寄席（よせ）は以前と同じそば屋の二階だったが、噺家（はなしか）はいつぞやのまじめそうな、どちらかといえば落語家というより商家で算盤（そろばん）をはじいていそうな男ではなく、丸顔の陽気な様子の男だった。笑うと目が三日月になる。体も腕も指も丸々している。

食べることが好きに違いない。お高は期待して聞いた。

「世の中にはけちな男というものがおりますねぇ。舌を出すのももったいない、返事をするのも、惜しむなんて人がおります。
『留さん、留さん』
『なんだ、さっきからうるせぇなぁ』
『いるんだったら返事ぐらいしてくれたらいいのに』
『嫌だね』
『なんで』
『減るんだよ、舌べろが』
そんなことはありません」

張りのある、よく通る明るい声でしゃべった。
噺は『あたま山』だった。

けちな男がいて、さくらんぼの種を捨てるのはもったいないと種まで食べていた。するとそのさくらんぼの種が腹の中で根をはり育って、やがて頭の上に芽を出した。
「にょきにょきっとこう、枝が四方八方に伸びましてね、さらにぐんぐん育って立派な桜の木になった。春になるとその枝に、きれいな桜の花が咲いた。『あたま山』の一本桜と近所の評判を呼ぶようになる」

あるはずもない話だが、陽気な調子の噺に引き込まれ、頭の上に生えた桜の木が見えてきた。しかも満開である。

「するってぇと野次馬が集まって頭の上で花見をはじめる者まで出る始末。朝からドンちゃん騒ぎ……」

男が頭をふると、花見をしていた者たちは「地震だ！」と逃げ出す。

毎年頭の上で花見をされたんじゃかなわんと、男が桜の木を引っこ抜くと、大きなくぼみができる。そこに水が溜（た）まって池になった。

子供が釣りに来る、夜になると大人が来る。

「酒を飲みながら釣りをするもんだから、うるさくってしょうがない。ケチな男はこううるさくてはたまらないと自分の頭の池にどぼーん」

お客は腹を抱えて笑っている。作太郎もだ。

お高はあっけにとられて、ぽかんと口を開けた。

「だって、やっぱり変ですよ？」

「変じゃないですよ。そういう噺なんだ」

「だけど……」

「本当にまじめだなぁ、お高さんは」

作太郎はまた笑う。

頭に桜の木が生えたのは分かった。人が集まって花見をしたり、木を引っこ抜いたあとの池で遊ぶのもついていけた。だが、最後の落ちが納得しない。

だって頭にできた池に、自分が飛び込むんでしょ。

じゃぁ、頭はふたつあるということ？

「そのことについては酒でも飲みながら、話し合いましょう」

作太郎は笑う。そうすると目じりにしわがよった。それは年とってできるしわとは違う、繊細で清潔なしわだった。

そば屋に入ってそばをたぐりながら、酒を飲む。作太郎が連れて行ってくれる店はどこもうまい。板わさのかまぼこは弾力があって、わさびはほどよくきいて鼻に抜ける。卵焼きはだしがきいて、ふっくらとしていたし、そばみそはそばの実と七味にひかれて酒がすすむ。

「今日、ひとつ考えた話があったんですよ。もへじが、面白いと言ってくれた」

すらりと長い、形の良い指で盃を持ち、作太郎は少し得意そうな顔になった。

作太郎は鋼のような色の着物に濃茶の格子の羽織だった。さりげないが、洒落ている。いつか着物をほめたら、父の形見だと言った。おそらくこれも、そうかもしれない。萬右衛門が見抜いたように、作太郎は英の贅沢で洒脱な気風をまとっているのだ。

「栗と芋がどちらがうまいか、言い争いになるんですよ。栗は固いがあるので、芋には負けないと思っている」

ところがかぼちゃが芋に加勢する。かぼちゃは図体（ずうたい）が大きいし、皮が固いので、いがの針が通らない。芋には枝豆や山芋も加勢した。

負けそうになった栗は逃げ出して、囲炉裏（いろり）の灰の中に逃げ込む。

暖かくて、ついうっかり眠ってしまって、気がついたら焼き栗となって、ぱんとはじけた。

芋やかぼちゃは驚いて、腰を抜かす。

焼き栗を食べた芋やかぼちゃは、やっぱり栗は一番だと思い、仲直りする。

「なんですか、それ。猿蟹（さるかに）合戦をもじったんですか」

お高は笑いだした。少し酔って、心地よい。

「黄表紙ですよ。この話に絵をつける。栗は食べられたのに、また出てくるのはおかしい、なんて言わないでくださいね」

「大丈夫、その話にはついていけます」

「もへじは面白いと言ってくれたけれど、洒落が入るともっといいとも言う」

「洒落？　なぞかけじゃ、だめですか？　栗とかけて、心配ごとととく。その心は……胃が（いが）痛い」

「そうそう、それだ。お高さんはなぞかけが得意だ」

横を向くと、まっすぐな鼻梁（びりょう）が目に入った。きれいな横顔だ。

「お店で徳兵衛さんが言ったのを覚えていたんです」

「それを入れよう。お高さんが笑ってくれたんなら大丈夫だ」

作太郎は明るい目をしていた。

英を閉じるためのあれこれから、少しずつ解き放たれたのかもしれない。

あるいは、自分の中で整理がついたのか。

いずれにしろ、あのもへじと暮らすのはいいことに違いない。

「そうだわ。ひとつ、お聞きしたいことがあったんです。昔、父がつくったという料理で、そうめんを酢の物のようにして食べるそうです。そのそうめんは、黄色くて、しゃきしゃきしているんですって。英で出していたものではないかと思うのですが、作太郎さんは覚えていませんか？」

「そうめん？　白じゃなくて？」

作太郎は首を傾げた。

「黄色くて野菜のようでもあるけれど、細くて長いんだそうです。これ、徳兵衛さんが言いだしたことなんですけどね」

「黄色くて野菜のようで、しゃきしゃき……。ああ、わかった。なるほど」

そう言って、膝を打った。

「それは、そうめんはそうめんでも、野菜のほうだ。加賀（かが）の野菜であるんですよ、そうめんかぼちゃというのが。ゆでると、そうめんみたいにくずれて糸状になる。それを三杯酢で食べる。夏の料理だ。さっぱりとしてうまい」

「なんだ、やっぱり、野菜だったんですね。私は乾物屋さんに聞きに行ったり、自分で麺を打ってみたり、苦労したんです。ああ、よかった。胸のつかえがおりました」

お高は笑った。明日、八百屋に頼んで、そのそうめんかぼちゃを探してもらおう。徳兵衛に食べてもらわねば。

「そうか。そうめんかぼちゃか。よし、かぼちゃには細い糸になって相手を巻き込む技があることにしよう。それで栗のいがを封じてしまう。あ、まずい、まずい。それでは、かぼちゃが一番強いことになってしまう。……まったく、お高さんがいると、次々面白い知恵が浮かんでくる。助けてもらうことばかりだ」

作太郎はお高の手を軽くにぎった。指の温かさが伝わってきた。

手の平が赤くなっていた。頬（ほお）もまぶたも染まっているに違いない。酔いのためか、それとも目の前に作太郎がいるからか。両方か。

幸せな気持ちになった。このまま、時が止まってしまえばいいのにと思った。

第二話　揚げ玉と母

一

そろそろ涼しくなってほしいのに、相変わらず空は青く、白い入道雲が浮かんでいる。丸九に来るお客たちの顔に疲れが見えるようになった。

立派なえびが手に入ったので、その日の膳は天ぷらにした。えびにきす、れんこんといんげん、しいたけ、青じそ。天つゆに大根と生姜のすりおろしをたっぷり添えた。付け合わせは瓜と春雨の酢の物で、ぬか漬けはなすとかぶ、あおさのみそ汁に白飯、食後の甘味は寒天寄せの梅蜜かけだ。

「今日は揚げ物かぁ。うれしいねぇ。力がつくよ」

朝一番でやって来た植木職人の草介が声をあげた。松の根っこのような腕をした手下が三人。炎天下で働く男たちだから、顔も腕も日に焼けていて、笑うと白い歯が見える。腹が鳴って目が覚めるというような年ごろの若者は、大ぶりの茶碗をがしっとつかむと、いただきますの言葉もそこそこに、ぬか漬けをのせて白飯を口に運ぶ。一杯目を食べ終えて、少し腹が落ち着いたところで、えびだのきすだのに取りかかる。

　さすがに草介はそこまでの食欲はない。

　それでも、天ぷらを気持ちよくたいらげて、酢の物に目を細め、食後の寒天寄せをほうじ茶とともに味わっている。

「今日も大仕事なんですか？」

　お高がたずねた。草介が手下を連れて、朝丸九にやって来るのは大事な、あるいは骨の折れる仕事があるときだ。丸九で腹ごしらえをし、力をつけて出かけていく。

「お屋敷を建て替えて庭もつくり直すんだ。木も植え替える。夏は難しいって言ったんだけど、施主がどうしてもって言うからさ」

　草介は渋い顔になる。

「それはご苦労さま」

　お高はそう言って、草介の手下たちを見た。

　天ぷらを塩で食べるというのは通ぶった酒好きで、丸九にやって来る江戸っ子たちは甘じょっぱい味が大好きだ。最初は天ぷら、白飯、天ぷらと別々に食べているが、そのうちに、それも面倒になるのか、白飯に天つゆをたっぷりと染み込ませた天ぷらをのせて自分でどんぶりをつくってしまう。

「まぁ、夏でも秋でも元気なやつは元気だからな。気にすることもねぇか」

草介は笑った。

揚げ鍋がかかっている厨房はむっとするほどの熱気がある。

鉄鍋のごま油に菜箸でころもをひと欠け落とす。すっと沈んですぐに浮かび上がり、ふわりとふくらんだなら、ちょうどいい頃合いだ。

卵と水を加えてざっと混ぜただけのうどん粉は、混ぜきらず、白い粉っぽさを残している。えびの尾をつかんで、そのころもをくぐらせ、鍋に入れる。しゅーんという音とともに、ころもが広がる。ころもをさじですくってタネにからませ、花が咲いたように仕上げるのが江戸前のやり方だ。

れんこん、いんげん、しいたけ、青じそと次々揚げていく。しゃきしゃきのれんこん、野菜らしい青臭さのあるいんげん、やわらかなしいたけ、すがすがしい青じそは、主役のえびを引き立てる名脇役だ。

もともとは南蛮渡来の食べ物だと聞いたことがある。寛政の時代には、すでに天ぷらは江戸の町中に広まり、同じころにごま油が増産されるようになったことも手伝って、庶民の味になった。最初は屋台の食べ物だったが、文化文政には高級料理としてもてはやされるようになる。

父の九蔵も英(はなぶさ)で盛んに天ぷらを揚げた。

卵色のころもを華やかにまとった天ぷらは宴(うたげ)の華だ。油っぽさを感じさせず、あくまで軽やかに香ばしく仕上げるのが技である。

お高も父に習った方法で揚げている。

だが、油の温度は刻々と変わり、ころもはすぐに水気を吸ってねばついてくる。水を足し、粉を足し、塩梅(あんばい)しながら揚げるのは心を遣う。

昼近くなると、惣衛門、徳兵衛、お蔦(つた)の三人がやって来た。

「おや、今日は揚げ物ですか」

惣衛門が言う。

揚げ物は胃の腑(ふ)にもたれると言われるかと思ったが、三人ともうれしそうな顔をしている。

「ああ、からっと揚がって香ばしい。たまにはね、こういうものを食べないとだめですよ」

「そうだよ。徳兵衛さん、あんた、家じゃ、そうめんばっかり食べているんだろ」

「そういうお蔦さんだって、一日、一食なんだろ」

「あたしは体が小さいし、ここでちゃんと食べているからいいんだよ」

「俺だって、そうだよ。ここで魚も汁も白飯も食っているから、あとはそうめんで十分なんだ」

「じゃぁ、おふたりはちゃんとしたご飯を食べるのは、丸九でだけなんですか？」

お高は驚いて声をあげた。

「そうだよ。俺の元気のもとは丸九さんの飯だ」

「そうそう。あたしも。命をつないでいるって言ってもいいね」

徳兵衛とお蔦が声をそろえる。

それは荷が重すぎる。

「大丈夫、大丈夫。ただでさえ、残り少ない人生なんだ、がっついちゃいけないよ」

仲良し三人が集まって、ご飯を食べながらああだ、こうだとしゃべることも元気の秘訣なのだろう。お高は、それでよしとすることにした。

三人が甘味を楽しんでいるころ、めずらしく作太郎ともへじがやって来た。

「おや、めずらしい。絵描きのおふたりさん」

目ざとく見つけた徳兵衛が声をかけた。

「いや、いや、今は大工仕事ですよ。やぎを飼うことにしましてね、その小屋をつくっているんです」

もへじは軽快に答えて、惣衛門たちの隣の席につく。

「はぁ、やぎを。それは何でまた」

惣衛門がたずねた。

「話をすると長いんですけどね、美人を描こうと思ってあれこれ考えていたら、やぎにたどりついたんですよ」

「京に鶏をいっぱい飼って、毎日ながめて、大家になったって絵描きがいたそうじゃないか」

お蔦が言った。

「伊藤若冲翁のことですか。あの人は鶏を描いたけど、俺は美人を描きたいんですよ」

だったらどうして、やぎなのか。もへじの返事は答えになっていない。三人は首を傾げる。

「あ、ですからね、今、美人を描いてほしいと頼まれていて、せっかくなら、ひと目見て、あいつが描いたんだって分かるような仕掛けを入れたいわけですよ」

お近が茶を運び、作太郎が「膳をふたつ」と注文する。もへじは絵の話になったものだから、熱を入れて話しだした。

「だいたい、絵の中の女の顔はうりざね顔で富士額、鼻はすうっとまっすぐで、目は細く、昼はふっくらって決まっているでしょ。全部を変えるわけにはいかないから、どっかひとつに特徴を持たせる。目がいいなと思って、猫とか鶏とか金魚とか、いろいろながめてみたけど、しっくりこない。たまたま田舎(いなか)に行ったらやぎがいて、見たら、これだと思ったんですよ」

「やぎってどんな目だったっけ」

徳兵衛が惣衛門に聞く。惣衛門も答えに詰まるが、もへじがそれを引き受ける。

「人の黒目は丸いけど、やぎは長四角。しかも横に長い。初めて見ると、ちょっと不気味で怖いんです。だけど、不気味ときれいは離れているようで、近いから。まぁ、そんなわけでやぎを飼うには小屋がいる。まず、小屋をつくるところからはじめるわけですよ」

「なるほどねぇ」

ちっとも分かっていないくせに、徳兵衛は口先だけで納得したふりをする。

「まぁ、絵描きさんですから。その道の方には、それぞれ考えがあるんですよ」

惣衛門が無難なところでまとめ、お蔦もうなずいた。

作太郎ともへじが食べ終わり、ゆっくりとお茶を飲んでいた。徳兵衛が今度は作太郎に話しかけた。

「それでなんですかねぇ、そちらさんも、やぎを勉強されるんですかねぇ」

「いやいや、私はやぎはちょっとね」

作太郎が答えた。

「じゃぁ、絵のほうにまっしぐら」

徳兵衛が言う。

「もへじさんも、絵のほうにまっしぐらですよ」

新しい茶を持って行ったお高が、さりげなく訂正した。

「寄り道をしているのは私のほうですよ。今、そうめん焼きの商いを考えているんです。この前、たまたま、ゆですぎたそうめんがあってね、それを鍋で焼いてみたら案外おいしかった。これは、屋台で出したら売れるんじゃないかと思ってあれこれ工夫をしているんですよ」

「はぁはぁ、じゃぁ、ご商売をはじめるんで」

「いや、まぁ、行きがかり上ですがね……」

また、分からない話になりそうだ。そう思ったお蔦がさりげなく徳兵衛の袖をひく。

「じゃぁ、まぁ、頑張ってくださいまし」

三人が帰っていった。店には作太郎ともへじ、ほかにふたりほどのお客がいるだけだった。

膳を下げに行ったお高はたずねた。

「本当に屋台をはじめるんですか？」

「私じゃなくて、英にいた若い料理人ですよ。別の店に行ったけれど続かなかった。自分でなにか商いをやりたいと言うので、相談にのっている」

「作太郎のやつ、自分も金がないくせに、その男の金の工面も考えてやっているんだ。人が好すぎるよ」

もへじが呆れたように言った。

「しかたないじゃないか。頼ってきたんだから。師匠にくっついて行くならともかく、若い料理人が店を替わるのは大変なんだ。修業のやり直しになるからね。表の掃除からはじめることになる。どこそこで何年やっていました、なんて言っても通用しない。うんと年下のやつに使われるのも、片腹痛いだろ」

一日でも古いほうが先輩なのだ。頑張って力を見せてのし上がっていくことができればいいが、そこでくじけてしまう者もいる。

「まじめな男だからね、先輩や親方に取り入る知恵もない。そういうのは苦労する」

「人物は悪くないけど、なにしろ金がない。屋台だ、どんぶりだって、ひと揃い用意するのも大変だ」

「まさか、それを作太郎さんが肩代わりしようってんじゃないでしょうね」

もへじの言葉に、お栄が割り込む。

「もちろん、うまくいったら少しずつ返してもらうつもりですよ。そういう約束だ」

「はぁ、そうですか」

お栄はちらりとお高の方を見た。

なんでも思い通りにいくのなら、苦労はいらない。そういう顔をしている。

「さあ、帰って小屋を仕上げないと、いつまでたっても絵が描けない」

そう言ってもへじは立ち上がり、ふたりは帰っていった。


店を閉めて片づけがすんで、三人の遅い昼餉になった。

「残念、天ぷらは全部売り切ってしまったわ」

お高が言うと、「大丈夫」とお近はざるに残った揚げ玉を皿にのせて運んできた。

みそ汁にぱらぱらと振り入れる。

「知ってる？　こうすると、みそ汁が倍おいしくなるんだよ」

「もちろんだよ。あたしはこっちだね」

お栄は揚げ玉をご飯にのせると、天つゆをちょろりと垂らす。大根おろしと裏の空き地に生えている青じそをちぎってのせた。

「これが、うまいんだ。あんたもやってみな」

得意げな顔をする。

「知っているよ。うちでもよくやるもの。あ、えびの香りがする。お高さんもいる?」

お近がたずねた。

「ありがとう。だけど揚げ玉だけじゃ、さびしいわよね」

お高は申し訳なさそうに茶碗を差し出した。

「なにをおっしゃる。これがいいんですよ。お高さんは揚げ玉を天ぷらの残り物ぐらいに思っているんでしょ。違うんですよ。揚げ玉はふりかけにも、調味料にも、おかずにもなるすごいものなんです」

お栄は言う。

おろしたてのごま油で揚げた揚げ玉が白飯にぱらりと散った。お栄にならい天つゆをふって、大根おろし、青じそを彩りよくのせると、立派なご飯ものに見えてきた。

「お高さんの家じゃ、こういうのを食べなかったでしょ。うちで天丼って言ったらこれだよ」

「そりゃ、そうだよ。なんたってお高さんのお父上は、あの英の板長だったんだもの。あたしたちとは違うよ。ちゃんとした、えびの天ぷら、食べていたよ」

「そんなこと、ないわよ。おとっつぁんは揚げ玉が好きだったから、うどんには揚げ玉を入れていたわ。それにね、おとっつぁんは外でいいものを食べていたけど、家ではいわしの煮つけだったわよ」

「ふうん」

お栄とお近は顔を見合わせてにんまりとする。

――そんなの、信じられない。

「年寄りもいたし、おとっつぁんは、家じゃ、さっぱりしたもんがいいって言うから、いっつも湯豆腐とか、干物とか漬物、そういうもんだったのよ」

お高は言葉に力をこめる。

じっさい、その通りだったのだ。何ごとも父に従う母は、言われるままに父が好むさっぱりしたご飯をつくり、父がいないときも質素倹約に努めたから、贅沢な食べ物を口にする機会はなかった。

後で分かったことだが、若い者が多い英のまかないは天ぷらや卵を入れた煮物など力のつきそうなものが多かった。しかも、九蔵自身は親しくしている料理屋の主人や板長が何人もいたから、誘われてあちこちの店にお客として顔を出して食べ歩いたりもしていたらしい。

つまり、自分はたっぷり食べていたのである。

家族が何を食べているかなど、気にしていなかったに違いない。

それは、ある意味しかたがないのだ。

英は全盛で、自分は仕事にのっていた。

家のことは全部母に任せ、自分は外で稼ぐ。そう思っていたのだろう。

任された母はお高を育て、祖父母の看病をした。暮らしは豊かで、女中もおいていたが、生真面目な性格の母はすべてを自分で、しかも完璧にこなそうと力を尽くした。

きっとずいぶん前から痛みや変調があったのだ。

我慢していたに違いない。

だが周囲には黙っていた。

お高や九蔵が気づいたときには、病は取り返しがつかないほど進行していた。

母のそばについてやりたいと英を退いて、この丸九をはじめたのは、父の贖罪の気持ちがあったに違いない。

いろいろな思いが一瞬浮かび、消えていった。

そのとき、のれんをおろした表から呼ぶ声がした。

「ごめんください。こちらに九蔵さんという方はいらっしゃるでしょうか」

お高が出ていくと、白髪の老人がいた。色あせた旅の衣で、肌は日に焼けて深いしわが刻まれていた。

「九蔵は私の父ですが、もう九年も前に亡くなっております」

「えぇっ、そうですかぁ。九蔵さんはお亡くなりになりましたか。はぁ、九年も前。そうでしたかぁ。それは申し訳のないことで」

老人は困った顔で何度も自分の顔をたたいた。

「父に何かご用でしたか」

「下野の寺のことでうかがったんですけんどね。はぁ、そうですか。え、あっと、そうしますと、お宅様が娘さん。おふじさんの娘さん」

母の名を言った。

「ああ、そうですかぁ。目元におもかげがありますなぁ。わしは、おふじさんとは幼なじみの吾作といいますだ」

お高は店に招じ入れ、話を聞くことにした。

「いやぁ、しかし、言われてみると、おふじさんによく似ていらっしゃいますねぇ。頬のあたりもよく似ている」

吾作は懐かしそうな様子でお高の顔をながめた。

「そうですか。どちらかといえば父に似ていると言われるんですよ。母は体つきもきゃしゃで、目鼻立ちもおとなしげでしたから」

「それは江戸に来てからでしょう？　おふじさんは女にしては上背があって、小さいころから元気がよかった。男の子をよく言い負かしていた。わしなどは、おふじさんの子分となって後をついて歩いていました」

母が生きていたら、今年で五十一か。吾作はもっと年上に見えた。だが、田舎では男も女も早く年をとる。老けて見えるのはそのせいかと思った。

「お母さんが亡くなられてからも、あなたのお父さんからは、いろいろとご心配をいただいていたんですよ。圓勝寺（えんしょうじ）というのは、あなたのおじいさんやおばあさん、ひいおじいさんたちの墓がある寺なんですけれどね、九蔵さんからは折々、お経料を送っていただいていたんですよ。遠い江戸にいらして、こちらのことまで心を配っていただいて、ありがたく思っておりました。わしは圓勝寺の檀家（だんか）総代、いやまぁ、平たく言うと、世話焼きというところですよ」

母の墓は父と同じく浅草（あさくさ）にある。母の実家とは行き来がなく、圓勝寺という名前も初めて聞いた。もちろん、父が金を送っていたことは知らなかった。

そう言うと、吾作は何度もうなずいた。

「そうでしょうとも。それでいいんですよ。そういうことは自慢げに人に言うことじゃない。ですからね、あるときからお金は送られてこなくなりましたが、こちらも催促（さいそく）がましいことは慎（つつし）んでおりました。こういうことは、お気持ちですから」

吾作はお栄が持ってきた茶をごくりと飲んだ。これからが本題だというように座りなおした。

「じつは、圓勝寺がずいぶんと古くなりましてね、とくに本堂は雨漏りもひどい。このままでは仏様にも申し訳ないということで、檀家一同集まりまして建て替えをすることにしたんです。しかし、小さな村ですから、どう頑張ってもそんな金が出てくるはずもない。それで、まぁ、ゆかりの方々をたずねて喜捨(きしゃ)のお願いをしております。突然のことで驚かれたとは思いますが、お母さん孝行と思って、ひとつお考えいただけないでしょうか。お気持ちでよいので」

吾作は懐(ふところ)から巻紙を取り出してお高に見せた。

ひろげると名前と金額が書いてあった。どうやら奉加帳(ほうがちょう)らしいが、どの名前にも覚えがない。気持ちと言われてもすぐには返事ができない。

「九蔵さんは料理人でいらしたとか。大きな店の板長も務められた腕のいい方だったそうですね。おふじさんのお父さんがそう言って喜んでいらっしゃいましたよ」

「あの、母の家族はどうしているのでしょうか……」

「ご両親は十年以上前に亡くなって、お兄さん夫婦が跡を継いでいます。けれど、なかなかね、江戸のようには暮らしがたたないんですよ」

だから寺の改修の金は出せないということか。

お高は黙ってしまった。

突然の話である。

本当にこの男の話を信用していいのかと、一瞬の疑いが生まれた。

「いや、突然おたずねして申し訳ねぇこってす。でも、おふじさんの嫁ぎ先だし、九蔵さんには……お目にかかったことはないですけど、寺に毎年、お布施をいただいておりましたものですから、ついこちらも甘えてしまいました」

奉加帳をしまい、立ち上がろうとする。

「江戸にはゆかりの方がもう、おふたりほどいらっしゃるんで、そちらに参ります。それで、今日のうちに江戸を出ます。なに、山育ちですから足腰は丈夫なんですよ」

「今日、もう、戻られるんですか」

「畑仕事もありますから」

その背中が曲がっていた。長年、田んぼや畑を耕していた男の体つきだった。

お高は急いで立ち上がり、簞笥（たんす）の引き出しにしまってあった三両ほどの金子（きんす）を包んで手渡した。

「急なお話なので、たくさんはご用意できませんが、ぜひ、お役立てください」

「いやぁ、そうですか。ありがたいこった。ああ、来てよかった。やっぱり、おふじさんの娘さんだ。里の親戚（しんせき）の方々も喜びますだ」

吾作は何度も頭を下げ、合掌して出ていった。

厨房に戻ると、お栄が床几（しょうぎ）に腰をおろして茶を飲んでいた。

「お高さんのお母さんは下野の生まれだったんですね。あたしはお会いしたことがなかったけれど、江戸の生まれだとばっかり思っていましたよ」

「江戸っ子はおとっつぁん。神田の生まれが自慢だったわ」

ふいに亡くなった母の顔が浮かんだ。

九蔵が英の板長をしていたころの、まだ若い母である。

部屋がいくつもある大きな家で、九蔵の両親、九蔵とおふじとお高の五人で暮らしていた。女中もいたが、母は毎日忙しく過ごしていた。

父は早朝家を出て、帰るのはたいてい夜も遅くだったが、たまたま家で母親がつくった料理を食べると文句を言った。

――どうして、こんなしょっぱくするんだ。何を食っても同じ味じゃないか。

ほかにもあった。

――なんだ、このみそ汁は。みそを入れてからぐらぐら煮ただろう。みその香りがすっかりとんじまっている。

――魚を焦がすな。皮が焦げて黒くなっている。

家にいるときの九蔵は縦の物を横にもしないくせに、文句ばかり言った。

――そんなこと言ったって、あたしのは下野のおっかさんに習った田舎料理なんだから、しょうがないじゃないか。

母は小さな声で文句を言った。

病に倒れたときは、ふつうの食事はのどを通らなくなっていたから、母は父の料理を一度も食べずに死んでしまったことになる。

けれど、母は父の仕事を誇りにも思っていた。だから、掃除には力を入れていた。とくに気を遣っていたのは台所で、万が一、板長の家の者が流行(はや)り病などにかかったら、九蔵はもちろん、店にも迷惑がかかると、隅々まで磨き上げ、清潔にしていた。使ったふきんやまな板は煮沸(しゃふつ)して日にあてて干していた。

めったに外出しない母だったが、知り合いに誘われて芝居に行ったことがあった。明るい色のやわらかなよそ行きを着ていた。

母はきれいだった。

あれはいつだったろう。

両国の広い家に移ってから、わずかの間のことに違いない。

その後、祖父が転んで寝たきりになり、長い看病がはじまった。祖父が亡くなると、今度は祖母が寝込んだ。ふたりの世話はもっぱら母が担(にな)った。腰が痛い、頭が痛い、寒気がすると一日じゅう文句を言い、母に頼った。女中やお高では、いい顔をしなかった。母はもう芝居を見ることも、女同士で集まっておしゃべりすることもかなわなくなった。

「働きづめで、楽しいことなんか、あったのかしら」

思わずお高が愚痴ると、お栄がなぐさめるように言った。

「ありましたよ。ご亭主は出世して、娘もちゃんと育てた。病気になってからは、九蔵さんは英を辞めて、看病をしてたじゃないですか」

たしかに母が病を得てから、九蔵は母のそばにいた。それは本当のことだけれど。

お栄とお近が帰ってから、二階の部屋に上がった。簞笥を開けると母が着ていた着物が目に入った。祖父母、母と病人が続いたから、晴れ着や上等のかんざしなどは薬代に消えた。残っているのはふだんに着ていた藍色の着物がいくつかである。

鏡台の引き出しの奥から母がよくつけていた銀のかんざしが出てきた。

平たい丸い板に二本の足がついているもので、すっかり黒ずんで、模様が分からなくなっていたが、酢で磨いてみると、花の模様が現れた。父にもらったものだったのか。

よく見れば、細工が細かくて、なかなか凝ったつくりである。細い足は一見華奢に見えるが、髪に挿すとしっかりと留まった。

懐かしい気持ちがした。

買い物に出た帰り、日本橋の橋のたもとで幼なじみで仲買人の政次に会った。

「なんだ、そんな暗い顔して、なんかあったのか」

「ううん。ただ、おっかさんのこととか、いろいろ思い出しちゃってね」

「ふうん。そうか、それで、そのかんざし挿しているのか。お高ちゃんのおふくろさんのやつだろ。覚えているよ」

「あら、ありがとう」

「やさしい人だったよな。ほっそりとして、きれいで。うちのかあちゃんとは大違いだって、いっつも思ってた。親父さんが惚れて女房にしたんだろ」

政次はわけ知り顔になる。

「そうなの？」

「なんだ、聞いてねぇのか。英の近くの菓子屋で働いていたって聞いたぞ。親父さんは顔を見たくて、毎日、大福とか羊羹を買いに行ってたって」

「それぐらい知っているわよ。だけど、おとっつぁんはおっかさんに文句ばかり言っていたわよ。とくに料理は、味が濃いとか薄いとか、固いとか」

「亭主が家でいばるのは当たり前だ。そうやって甘えてるんだ」

「はぁ、そうですか」

「お高は夫婦の機微ってぇもんが分からねぇんだよ。おふくろさんが病気になったからって、すぱっと英の板長を辞めて丸九をはじめるなんて、なかなかできるもんじゃねぇよ」

「また、そんなふうに持ち上げる」

お高は苦く笑った。

母のそばにいてやりたいと思ったのは、本当だ。そして、世間はそのことで、九蔵をほめる。

しかし、自分の店をはじめれば、今まで以上に忙しく、母のそばにいる時間などなかった。丸九の二階に三人で暮らし、お高が母の世話を担った。行き届かないことも多かっただろう。

丸九も最初、なかなかお客がつかなかったのに、九蔵はよい材料を使いたがったし、今のような一膳めしでなく、毎日、いろいろなおかずを用意していたから材料代がかかった。たちまち蓄えは底をついた。最後まで残していた母のよそ行きの着物やかんざしを手放したのは、あのころだ。

本当にそれでよかったのか。

英にいたほうがよかったのではなかったのか。

「お金の心配もなかったし、前の家なら風呂もあったし、女中さんもいたから、母はゆったりとした気持ちで寝ていられたのよ。私、母に『店はどう？　うまくいっている？』って何度も聞かれたわ」

「そうだなぁ。だけど、おふくろさんにしたら、親父さんの気持ちがうれしかったんじゃねぇのか」

「うん」

お高もそう思いたい。

「まぁ、もしかしたら、丸九をはじめたのは別の理由があったのかもしれねぇな。だけどさ、何で今ごろ、そんな昔のことを思い出してんだ？」

政次がたずねた。お高は母の郷里から男がたずねて来たことを告げた。

「だって、墓はこっちだろ」

「そう、おとっつぁんと一緒。浅草。でも、おとっつぁんはずっとお経料を送っていたらしいの」

政次はまじまじとお高の顔を見つめた。

「その男、初めて会ったんだろ。それで、田舎の寺の普請の話か？　お高ちゃん、金を渡しちまったのか」

「ええ、だって……。おっかさんの幼なじみだって言っていたし……。え、じゃぁ、あの話は嘘なの？」

「知らねぇよ。簡単に人を信じちまうんだなぁ。いくら、渡した？」

「急に言われたから、そんなに多くはないわよ」

政次は指で一を出した。

お高は首をふる。

「もっとかぁ？」

しぶしぶ三本指を立てた。

「しょうがねぇなぁ。今ごろ、そいつは舌出して笑っているよ」

政次に言われて、お高はしょげた。

「お前ん所のおふくろさんは信心深かったけど、親父さんは違ったよ。俺、覚えているよ。酉の市の熊手が家にあったんだ。あれを見て、言ったんだ。そんなもんで運をかき集められるなら楽なもんだって」

そういえば、家には熊手はなかった。酉の市でお面を買ってもらったことがあったけれど、父は熊手には興味を示さなかった。

神仏に手を合わせたのは、母のほうだ。

家には神棚と仏壇があって、朝夕手を合わせた。近所の神社も素通りせずに、かならず挨拶をしていた。

「やっぱり、私、だまされちゃったのかしら」

「心配なら、その寺に文を送って確かめてみたらどうだ」

政次が言った。

そう言われて、お高は文を送った。

吾作という男がたずねて来て、寺の修復費用として三両を渡した。そちらの檀家総代は吾作という人か、三両は手元に渡っているのか、母の死後、父が毎年経料を送っていたと聞いたが、その通りだろうか。縷々書いた。

二

店を閉めて片づけをしているとき、お近が言った。

「作太郎さん、しばらく来ないね。忙しいのかなぁ」

「そうじゃないの。黄表紙(きびょうし)の仕事もあるし、屋台の話もしていたし」

膳をふきながら答えた。

「……気にならないの？」

「なんだよ。お近が気になっているのは、もへじさんだろ。たずねていけばいいじゃないか。しょっちゅう行っていたんだろ」

残った野菜をかごにしまいながら、お栄が言う。

「ううん。そうなんだけどさぁ」

お近の言葉は歯切れが悪い。

「ははぁ。あんたがわがまま言って、もへじさんに呆れられたんだ」

「違うよ、違う。そうじゃなくてさ」

お近は口をとがらせた。

「もへじは表の顔と裏の顔があるんだ。店に来るときはいい人の表の顔。そんで、絵に夢中になっているときは、気難しい裏の顔。一日じゅう、部屋にこもっていて、たまに出て来ても頭の中は絵のことでいっぱいで、あたしが話しかけても聞いていない」

「なあるほど。それで、お近はもへじさんのところに行きたいけど、行けないわけだ」

「うん、邪魔しちゃ悪いもん。お高さんと行くなら、あたしも行って、もへじの様子を見てきたい」

「そうね。じゃぁ、行ってみようか。ふたりがどうしているのか、見てこよう」


煮物を折につめて出かけた。

家の近くまで行くと、子供の声がした。

庭をのぞくと杭（くい）につながれた白い子やぎがいて、子供たちがなでている。

「いやぁ、お高さん、お近ちゃんも一緒だね」

縁側に座ったもへじが、いつもの人の好（よ）さそうな笑みを浮かべて声をかけてきた。

庭の隅には新しい小屋も出来ている。

「やぎを見てくださいよ。かわいいでしょう」

もへじは絵筆を持った手を止めずに言う。傍（かたわ）らにはやぎや子供たちを描いた紙が散乱していた。

「おとなしいんですね」

「そうなんですよ。あんまり鳴かない。それでこうやって四六時中、もぐもぐと草を食べている。雑草をみんな食べてくれるんで、草刈りの手間が省けて大助かりですよ。それよりね、やぎの目を見てくださいよ。目を」

もへじはそう言って立ち上がると、やぎのそばに寄った。

「やぎの目は面白いんだよ」

「ちょっと怖いんだ」

口々に言う子供たちの間から、お高とお近は草を食(は)むやぎの目をのぞきこんだ。

白目の中央に四角い黒目があった。日向(ひなた)で見る猫の目に似ている。ただし猫の瞳孔(どうこう)は縦だが、やぎは横一文字だ。

「白(しろ)、白、ちょっと顔を上げて、ふたりに目を見せるんだよ」

どうやらやぎは白という名前らしい。もへじが頭をなでると、やぎは餌(えさ)をねだるように顔を上げた。

「面白いでしょ。黒目はやはり横一文字。頭の位置が変わっても、黒目はいつも地面と並んでいる。敵から逃れるため、前も後ろも右も左もよく見える目なんだそうだ」

もへじは自分で言って感心したようにやぎの目をながめている。それを、お近がちょっと困ったような顔で見ていた。頭の中のほとんどは絵のことでしめられているのだろうか。

「あの、この目が美人画とどう関係あるんですか」

お高はたずねた。正直なところ、さっぱりつながっていかないのだ。

「大ありだそうですよ」

突然声がして作太郎が庭に出て来た。

「ふたりにもへじがさっき描いた絵を見せてもいいか」

そう断って、奥の部屋から三人の娘が描かれた絵を持ってきた。

「あら、きれい」

お高は驚いて声をあげた。

「今までと全然違う絵だ」

お近も歓声をあげた。

どの娘も小さくて細い、すいかの種のような目をしている。白目の部分が多くて、真ん中に小さな点のような黒目がある。ひとりは上目遣いで、もうひとりは寄り目。もうひとりはどこか遠くを見ている。どの娘も目元に黒いまつげの影がある。実際にいるはずのない顔だが、不思議な色気があった。

しかし、やぎではない。やぎとは、まったく関係がない。

強いていえば、唯一、まつげが長いところだろうか。

「毎日、やぎをながめた甲斐がありましたよ。先ほど、萬右衛門さんが来て、面白いと言ってくれた。売り出し中の若手の書いた物語でね、三人の女がひとりの男を争うって話なんだ。ちょっと不穏な感じがするところが、物語にぴったりだって」

もへじは満足そうに笑った。

「絵が新しくなったから、名前も新しくした。朝海春歌。みずみずしい女絵を描く、才能ある美青年が目に浮かぶようでしょ。いいと思いませんか」

「もへじっぽくないよ」

お近が口をとがらせた。

「いいんだよ。俺が顔を出すわけじゃないんだから。絵を見た人は勝手に想像するんだ。そうして、絵もよく売れる」

にやにやした。横で作太郎も笑っている。

「私の物語のほうはさっぱりなんだけどね。栗と芋が張り合うならば、ご政道を批判するとか、なにか意味をもたせてほしいと……。このままじゃ、御伽草子だって。しかし、そんなつもりじゃないからなぁ。しかたがないから、ひたすらそうめん焼きをつくっていた。おかげでちょいと、おいしいやつができた」

「それ、あたし、食べたい」

お近が無邪気な声をあげた。

「よし、今からつくるから」

四人で台所に行った。

作太郎は慣れた手つきで七輪に火を入れ、鉄鍋をのせる。ごま油がぱちぱちいいはじめたら、揚げ玉をぱらりと散らし、ゆでたそうめんをのせた。

「あれ、揚げ玉ですか？」

「そうなんだ。揚げ玉が入ると、倍、おいしくなる。英のまかないも揚げ玉がよく入っていた」

器用に菜箸を扱いながら、作太郎は答える。桜えびを加え、ねぎを散らし、さらに青じそも。おいしそうな香りが立ち上がる。鍋肌から醤油をたらすと、じゅうっという音がした。その瞬間を逃さず、さっとかき混ぜて皿にのせる。皿の上のそうめんはわずかに醤油色に染まり、白い湯気をあげていた。

「あ、おいしい」

ひと口食べたお高は目を細めた。口の中に揚げ玉のうまみ、桜えびの香ばしさ、ねぎや青じその風味がまじりあって広がる。

「そうでしょ。そうめんもいいけど、こっちのほうが腹に溜まる。力がでる。屋台で天ぷらが売れるのも、そういうわけなんだ。これは、流行ると思う」

「屋台って……。そうか、英にいた人が、このそうめん焼きを売るんですね」

「そう。幸吉って男なんだ。もうじき、ここに来るよ」

そんな話をしていると、表で声がした。

「おお、幸吉か。ちょうどいいところに来た。そうめん焼きを今、お高さんたちに食べてもらっていたところなんだよ」

年は十八、九か。まじめそうな顔つきのやせた男だった。

作太郎はそうめん焼きをのせた皿を手渡す。

「どうだ？」

「うまいです。腹にしみます。揚げ玉がいいです」

「ああ。桜えびと青じそも」

「贅沢ですねぇ」

「これなら、売れると思わないか」

「……だといいんですけど」

「なにを言っているんだ。売るのはお前だぞ。しっかりやれ」

檄（げき）をとばす。

「もちろんです。今日、屋台を貸してもらう約束をしてきました。七輪とか、箸も手配をして。おかげさまで、準備は万端整いました」

「じゃぁ、もう、商いがはじめられるじゃねぇか」

もへじが言う。

「さっそくやってみます。とにかく、なんとしても自分の食い扶持（ぶち）ぐらい稼がないと。作太郎さんには何から何までお世話になってすみません」

「いいんだよ。こっちこそ、英があんなことになって申し訳なかった。今、つくり方を教えてやるから、ちょいと待ってな」

鍋を取り出した。その様子がいかにも楽しそうだ。

「似合ってますよ」

お高は思わず声をかけた。

「絵描きより、向いているんじゃねぇのか。いっそ、食い物屋をはじめたらどうだ」

もへじが笑う。

「そうはいかねぇよ」

いつの間にか、しゃべり方までべらんめえになっている。

幸吉は早々に帰り、その後、お高の持ってきた煮物を四人で食べ、もへじの絵を見せてもらい、作太郎の書きかけの黄表紙の話を聞いて帰ってきた。


いつものように昼過ぎ、惣衛門、徳兵衛、お蔦の三人が店に集まっていた。

食後のわらび餅（もち）を運んで行ったお高に、徳兵衛が声をひそめてたずねた。

「聞いたよ。寺の普請だって言われて、大枚取られちまったんだって？」

「誰がそんなことを言っているんですか？　あ、政次さんでしょ。あの人がうれしそうにあっちこっちで言いふらしたんでしょ」

「いやいや、そういうわけじゃぁ。はは。だけどさ、だいたい、自分でしっかりしていると思っている人ほど、そういうのに引っかかるんだよね」

徳兵衛はうれしそうににんまりする。

「まだ、だまされたって決まったわけじゃありません。今、お寺さんに文を送って確かめているところです。それに、そんな大それた金額じゃぁ、ありません。ちょっとです」

お高は頬をふくらませる。

「じゃぁ、いくら渡したんですか」

お蔦と惣衛門も身を乗り出す。

「……三両。おっかさんの里のお寺におとっつぁんがずっとお経料を送っていたって言われたんですよ。私はそんなこと全然聞いてなかったから、何もしていないでしょ。申し訳ないって気持ちがして、つい……」

「あんたは、やさしいからねぇ」

お蔦が言う。

「そんなこと、ない、ない。考えてもごらんよ。九蔵さんはどっちかっていやぁ、神も仏も関係ないってほうだった」

徳兵衛が断言する。

「いやいや、そうでもないですよ。おふじさんが病に倒れてからは、あちこちお参りに行っていましたよ。上野（うえの）の五條（ごじょう）天神、西新井（にしあらい）大師（だいし）、八幡（はちまん）神社。結構、遠くまで。その圓勝寺ですか、そこも病気平癒（へいゆ）の御祈願をしていたんじゃないですか。仮にだまされたとしたってね、厄落としだと思えばいいんですよ。あなたの真心から出たお金なんだから」

惣衛門のなぐさめに、つい、ほろりとする。

突然倒れた母を診（み）た医者は驚いたように言った。

――どうして、こんなにひどくなるまで、放っておいたんですか。苦しかったでしょうに。

――あとは滋養のあるものを食べさせて、ゆっくり休ませてやってほしい。痛みを抑える薬は出すから。

医者の診立ては正しかった。それから、坂道をくだるように母は衰えて、半年ももたなかった。

「あの英をすっぱり辞めてしまうくらいですからね。相当こたえていたんですよ」

「なんたって恋女房だからねぇ」

「向こうの親の反対を押し切って、半分、駆け落ちのように一緒になったんでしょ」

三人は口をそろえる。

本当にそんな芝居のような話だったのかは、分からない。母は下野の農家の生まれで、十五のときに江戸に出て、菓子屋で奉公していた。それを英で修業中の父が見初めたと聞いた。

「駆け落ちなんて、大げさな」

「なんだ、聞いてないんですね。おふじさんは近所でも評判の美人で漬物屋の若旦那に惚れられて縁談がまとまりかけていた。それを九蔵さんが強引に口説いて、さらっていった。だから里の親御さんが怒ったんですよ」

「それきり、里とは縁切りになったって。こっちに兄さんが来たのは、おふじさんの葬式が最初で最後だったって聞いたよ」

お高より、古いなじみの三人のほうがよっぽど丸九の内情に詳しい。

もうひとり、詳しい男がいた。

植木職人の草介だ。おふじはしっかり者の草介の母を頼りにしていた。

お高が買い物に出たときに、仕事帰りの草介に会った。

草介は、噂を耳にしていても徳兵衛のようにあれこれたずねたりはしない。

なんということもない世間話をしたあとで、お高はついこぼしてしまった。

「おとっつぁんは、おっかさんのそばにいたいからって九丸をはじめたでしょ。偉い、すごいってみんなは言うけど、そんなに立派なことだったかしら。前の家ならお風呂もあったし、ゆったりできたのに、狭い店の二階に三人で住んで。おっかさんは、最後までお金の心配をしていたのよ」

　草介はまじめな顔で言った。

「英を辞めたのは、別にもうひとつ、理由があったんじゃないのかなぁ。いつか、九蔵さんが家に来たとき、親父に言っていたんだよ。英の厨房(ちゅうぼう)にいると、殺生(せっしょう)ばかりで辛(つら)くなるんだって」

「殺生って言っても、魚やえびや貝でしょ」

「それだって命には変わりない」

「人が生きるって、そういうことじゃないの？」

　お高は首を傾げた。

「英のお客は命をつなぐために食うんじゃない。自分を喜ばせるため、きれいに盛り付けられたものを見て楽しむため。おいしいところだけを、ちょこっと味わって、あとは捨ててしまう。そういうのを見るのが、辛くなったんだよ」

　草介は遠くを見る目になった。

「吉原(よしわら)の大通りを知っているだろ。桜の季節には満開桜を植え、花菖蒲(はなしょうぶ)、紅葉(もみじ)だって植え替える。きれいな花や紅葉を見て、人は喜ぶ。だけど花が散れば用済みだ。忘れられる。あそこにいる女たちと同じように、一番きれいなひとときだけを楽しむんだ。俺たちは、その花や紅葉を用意するのが仕事だ。季節が変われば掘り返して、自分のところの畑に植え替える。どんだけ気を遣っても枯れるやつは出る。かわいそうだけどな」

厨房にあるとき、あさりや蛤、さざえなどの貝類は生きている。砂を吐かせるため塩水を張った桶に入れると、貝たちは殻を開けて潮を吹く。

おがくずの中でえびたちは静かにしている。だが、熱い湯に入れると、えびはひげをふりあげ、足を動かして必死でもがく。伊勢えびなどは驚くほど強い力を出して、蓋を持ち上げた。

魚も卵も海藻も命を宿していた。その命をもらって生きている。そのための料理だ。

草介に言われて、あらためてそのことを思い出した。

妻の病を知ったとき、無駄に捨てられる命を見るのが苦しくなったというのか。

「丸九に来る客は、働くために食うんだよ。働いて、汗をかいて、そんで自分や家族の食い扶持を稼ぐんだ。命は無駄にならねぇんだよ。あんなふうに気持ちよく食ってもらったら、貝もえびも魚も本望だろ。親父さんは、そういう店をつくりたかったんじゃねぇのかな」

「そうね、そうだったのかもしれない。草介さんに言われて気づいたわ。今まで考えたこともなかったけど」

お高は強く心を打たれて、草介を見た。

「よけいなことを言っちまったな」

草介は恥ずかしそうに笑った。

三

午後遅く、ふらりと丸九にやって来た作太郎にお高はたずねた。

「幸吉さんでしたっけ？　屋台のほうはいかがですか？」

「それなりにうまくやっているらしいですよ。そうだ。今日あたり、一緒に食べに行きませんか。そうめん焼きをどんなふうにつくっているのか、見てみたい」

作太郎が言った。

仕事を終えて夕刻、待ち合わせて出かけた。

昼の熱気がまだ残っているような宵だった。日本橋の通りは人通りが絶えない。脇道にそれてしばらく進むと、河岸のある川沿いに出た。

柳の枝が風に揺れている。

幸吉は夕方から夜半、早朝まで屋台をひく。どの店も閉まった夜、腹をすかせた者たちを相手にするのである。

柳の木の脇に明かりが見えた。すでに、何人かのお客がいるらしい。

「流行っているみたいですね」

「ああ。例のそうめん焼きは評判がいいらしいんだ。少々値が張るんだけど、その分、味がいいからね」

作太郎は得意そうだ。かけそば一杯は十六文だが、桜えびや揚げ玉をたっぷり入れるそうめん焼きは二十文取ることにしたという。

「こんばんは。調子はどうだい」

作太郎は幸吉に声をかけた。

「あ、作太郎さん。いつもお世話になって……おります」

幸吉の声が尻(しり)つぼみになった。困った顔をしている。

三人ほどいるお客が食べているのは、うどんだ。そうめん焼きではない。

作太郎も一瞬、不思議そうな顔になった。

「まだ、早い時間はそうめん焼きはあまり出ないんですよ。夜、遅くならないと」

幸吉が取りつくろったが、お客は正直だ。

「そうめん焼き? あれかぁ。悪くはねぇけど、ちょいと高いからな」

「俺たちにはこの揚げ玉うどんで十分だ」

どんぶりから顔も上げずに答えた。

「おいしそうですよ。私たちもいただきましょうよ」

お高は揚げ玉うどんをふたつ、注文した。

「いくらだ？」

作太郎がたずねた。

「一杯十五文です。お客を集めたいんで、ぎりぎりの値をつけてます」

幸吉が答えながら、手を動かす。手早くどんぶりにうどん玉を入れると、醬油色の汁を注ぎ、揚げ玉をさじですくってたっぷりと散らした。

濃い汁をはったどんぶりの中で白く、太いうどんが、ゆるりと巻いていた。顔を近づけると、ぷんとだしの香りがした。

食べはじめると体が熱くなって、額に汗が浮かんできた。

だしはさば節でとったのか。それもかなり安いものを使っているのだろう。甘味は高価なみりんではなく砂糖でつけている。品がいいとはいえないが、力強い、風味のある汁の味だ。

汁を含んだ揚げ玉はふわふわとやわらかく、甘く、その味がいつまでも口に残った。

「英のまかないでよく食べたんですよ。前の前の、その前の板長が揚げ玉好きだったそうです。それで英じゃ、なにかというと、このうどんが出た」

幸吉が言った。

その板長とは、九蔵のことだろうか。丸九のまかないでも揚げ玉うどんをよく食べた。

「腹が温まっていいですよね。叱られてへこんでも、兄弟子たちに意地悪されても、まぁ、しょうがないって気持ちになる」

「そうだな。まったくだ」

食べ終わったお客がそう言って立ち上がり、金を渡した。

「素うどんなら一時もすると腹が減るけど、こんだけ揚げ玉が入っていると、朝まで腹がもつ。俺たち、余分な金はねぇからさ、そういうのはありがたいんだ」

もうひとりが空になったどんぶりを置く。ふたり連れも帰り、屋台の客はお高と作太郎だけになっていた。

醤油とだしの混じった香りがお高を包んでいた。

子供のころから、台所にはいつもこの匂いがあった。温かい煮炊きの気配はお高を安心させた。

母が床についていたときも、二階の部屋にはこんなふうに煮炊きの香りが漂っていた。もう、ほとんど何も食べられなくなっていたが、母は父のつくった料理の匂いをかいでいた。

温かく、やさしく、懐かしい煮炊きの匂い。

その匂いに包まれて、母はうつらうつらしていた。

家にいるときの父は気難しく、ことに母に対しては厳しかった。時に理不尽なことを言ったけれど、そんなときも母は父に従っていた。特別仲がよいとは思えなかったから、父が母のために英を辞めると言ったときは驚いた。

丸九の二階のひと間は狭く、父がそばにいる時間はほとんどなかったけれど、母は幸せだったのかもしれない。温かい煮炊きの香りは父の人生そのものだ。職人肌で家族に対してやさしいことの言えない父が最後に母に手渡したのは、この匂いだったのだ。

お高はこの何日か疑問に思っていたことが、腑に落ちた気がした。

気がつくと、隣の作太郎はきれいに食べ終わり、汁まで飲み干していた。

「うん、たしかにうまかった。これなら、やっていけそうだな」

「本当にお世話になりました。なんとか、頑張ります。少しずつでも、お金は返していきます。ありがとうございます」

幸吉が律儀な様子で頭を下げた。

屋台を出てしばらく歩いた。

「まったく、私は世間知らずの自惚れ屋だな。自分の思いばかりで突っ走ってしまう。考えてみたら、その通りだ。そうめん焼きみたいな手間のかかるもんは、屋台には向かない。早くて安くてうまいのが一番だ」

「世間知らずでいいじゃないですか。そこが、作太郎さんのいいところですよ」

「昔、九蔵さんに言われたんだよ。『坊ちゃん、英が世間の標準と思っちゃだめですよ。ここは特別な場所なんだから』。今ごろになって、その言葉が身に染みた」

「父だって、人のことは言えませんよ。丸九をはじめたころは、今みたいな一膳めしでなくて、材料も贅沢をして苦労していたんです」

「そうか……」

作太郎は突然顔を上げてたずねた。

「それで、お高さん、あの金はどうなりました？　檀家総代が来て渡したっていう三両ですよ」

「どうして、それを知っているんですか。誰から、聞いたんですか」

「……あ、うん。もへじかな」

ということは、お近からか。政次といい、お近といい、どうしてこう、みんなおしゃべりなのだ。

「店を出る前、寺からの返事を受け取りました」

吾作というのは、寺の仕事を手伝ってもらっていた者の名だ。だが、三月(みつき)ほど前に行方知れずになっている。九蔵からは過去に何度か経料を受け取っているが、寺の普請の予定はない。そう、書いてあった。

「それじゃぁ……」

「まんまとだまされてしまったんです。世間知らずは私も同じです」

「そうですか。なんだ、そうですか」

作太郎は憎らしいほど、うれしそうに笑った。お高もつられて笑いだした。日が暮れても空は明るい。鈍色(にびいろ)の川に町の明かりが揺れていた。

口の中には、甘じょっぱい汁と揚げ玉の味が残っている。

第三話　かさごのひと睨み

一

「かさごってさ、面白い顔、してるよね。ぶっさいくだ」

ざるにのせたかさごを見て、お近が笑った。

お高は改めて、かさごをながめた。

大きな頭にぱくりと開いた口、ぐりぐりとした目玉。赤と黒のまだらになった体はころりとして、とげのある背びれと胸びれがついている。

誰かに似ていると思ったら、地本問屋藤若堂の主、萬右衛門だ。

目に力がある。そうして、よくしゃべる。相手を巻き込んでいく。もへじが萬右衛門のところで描いた挿絵は人気が出たし、作太郎は絵だけではなく物語も書きはじめた。もっともこちらのほうはだいぶ苦戦しているようだが。

「かさごって名前は、笠をかぶっているように見えるからついたそうですよ」

お栄が学のあるところを見せる。その知識は近ごろよく会っているらしい糸問屋の主、時蔵からの受け売りか。

「煮魚にするとおいしいのよ。白身で、脂がのっていて」

「そうそう。丸揚げもいいですよね。小骨やひれもカリカリして香ばしい。熱々のときに食べるんですよ」

おやおや、その料理も時蔵と食べたのか。

お高が胸のうちで思ったことを、お近は言葉に出す。

「それって、時蔵さんにごちそうしてもらったの？」

「え、あ、まぁ、そうだけどね。あの人は、案外料理がうまいんだよ。ひとり暮らしが長いから」

そうか、時蔵の家で食べたのか。

お高は合点する。

お栄は自分の話はあまりしない。毎日、判で押したように同じ暮らしで、話すほどのことはないと言っていた。友達は居酒屋で働いていたときからの仲のおりきぐらいで、趣味というほどのこともないから、そういうものかとお高も思っていた。

だが、このごろ、お栄は時折、時蔵のことを匂(にお)わせる。

さらに、ちびちびと小出しにする。

こういう場合、もっと驚いたり、騒ぎ立てたりしたほうがいいのだろうか。

お高はそっとお栄の様子を探る。

お栄は何食わぬ顔で野菜を切っている。

やっぱり気づかぬふりがいいのかもしれない。お高は桶(おけ)に入れたかさごに一気に熱湯を注(そそ)いだ。

白い湯気があがり、桶の中の湯は白濁(はくだく)した。かさごの表面のぬめりが溶けているのだ。

ざるにあけて上から流水をかけて洗う。醤油(しょうゆ)とみりんでこっくりと煮たかさごの煮つけは、丸九でも人気の一品だ。

かさごはたくさん獲(と)れるので、安本丹(あんぽんたん)と呼ぶ人もいる。間抜けのことだ。

しかし、煮物や唐揚げはもちろん、えらやあらからいいだしが出るから、鍋(なべ)に入れてもうまい。お高は一夜干しにすることもある。開いて二階の物干しにつるしておくと、風にあたってほどよい加減になるのだ。

大鍋の中では、醤油とみりんがぶくぶくと小さな泡となって落とし蓋(ぶた)を持ち上げそうな勢いだ。

「考えてみると煮つけってのは贅沢(ぜいたく)なもんですよねぇ。塩焼きだったら塩をふればいいけど、煮つけは酒もたっぷり、醤油とみりん、砂糖もどっさり使うんだから」

お栄が鍋をながめて嘆息した。

「そうねぇ。でも、この煮汁がおいしいってみんな最後はご飯にかけて食べているじゃないの。無駄にはなっていないのよ」

落とし蓋をはずして、煮汁をかさごにかけながらお高は答えた。かさごがふっくらと煮あがり、ごぼうもやわらかくなったころ、開店になる。

お近がのれんを上げると、店の前で待っていた男たちが入って来る。

「おお、今日は煮魚か」

腹を減らした男たちがたずねる。

「かさごの煮つけに青菜のおひたし、ぬか漬けとしじみのみそ汁、ご飯に水羊羹です」

「よし、よし」

厨房のお高にうなずく声が聞こえる。ほころんだ顔が見えるようだ。

「はい、お近ちゃん、お膳を運んで」

お高は大きな声をあげた。

午後、遅い時間に幼なじみで仲買人の政次がやって来た。浅黒い肌に大きな強い目をしている。胸板が厚く、首も腕も太い。

「おお、今日はかさごかぁ。いい日にあたったなぁ」

席につくと、開口一番そう言った。

「うまいよ。やっぱり、丸九の煮つけは一番だな」

妙に持ち上げる。

奥の席には、いつものように惣衛門、徳兵衛、お蔦の三人がいて、食後の茶をゆったりと飲んでいた。勘のいいお蔦は、これは何かはじまるなという顔で茶を運んで行ったお高をちらりと見た。

「ちょいとさぁ、頼みたいことがあるんだよぉ」

政次が甘えた声を出した。

「いやよ」

お高は即座に断った。出鼻をくじかれて、政次は頬をふくらませた。

「なんだよ。まだ、なんにも話してねぇじゃねぇか」

「だって政次さんの頼みなんて、どうせろくなことじゃないんだもの。面倒を押し付けるつもりなんでしょ」

「押し付けねぇよ。ちょっと、一緒に行ってほしいところがあるんだよ。頼むよ。お高ちゃんしか、いねぇんだ」

政次は町内のまとめ役、面倒見のいい兄貴分といわれている。しかし、昔から政次の考えることは穴だらけ。お高はしょっちゅう、政次に振り回されている。

「どこよ……」

聞き返してはいけないと思いながら、お高はたずねた。

「長谷勝のお寅ばあさんのところ、八幡様の祭りの奉加帳を持って行くんだよ」

お寅の名前が出て、徳兵衛がにんまりとする。「こりゃぁ、難題だよ」という顔である。

「私が行っても、決まりのものしかくれないわよ」

「だ、か、らぁ、それを頼むんじゃねぇか。神輿の鳳凰の首が折れて、頭がぷらぷらしてるんだ。それを直すのに金がかかるんだよ」

「それ、去年、しまったときに気づかなかったの？　一年あったんだから、その間に、なんとかできたでしょう。なんで、今になって言うのよ」

「そんなこと、俺も言ったよ。若いやつらは気がついていたんだよ。だけどさぁ、まぁ、なんとかなるかと思って、そのまんまにしてたんだ」

折れた首が勝手につくはずがない。叱られるのが怖くて「若いやつら」は上に伝えず黙っていたのだ。

長谷勝は俵物、つまり海産物を扱う大店で、お寅はその女主である。

お寅は幼い子供三人を抱えて亭主に先立たれ、荒っぽいといわれる俵物の商いを守ってきた。六十を過ぎて髪は真っ白になり、体はやせて小さくなったが、いまだに男たちを大声で怒鳴り、厳しい舌鋒でやりこめ、みんなから怖がられている。

「お寅さんは分からず屋じゃないの。筋が通らないことが嫌なのよ。あそこは儲かっているから、少しくらい多く出してもらってもいいだろうっていう、政次さんたちの甘えた気持ちが伝わるから、向こうも意地でも出すもんかって思うのよ」

「そうだけどさ。このまんまじゃ、神輿が出せねぇからさ」

政次はすねた様子になる。

祭りまでもうひと月を切っている。町内の男たちは額を寄せて話し合い、長谷勝に出してもらうほかはないということになったのだろう。

「頼むよ」

拝む手になる。

徳兵衛がにやにや笑ってこちらを見ている。拝む手は徳兵衛の得意技でもある。そして、毎回、お高はこの拝む手に負けてしまう。

どこか心配そうな顔をしているのは惣衛門だ。

惣衛門とお寅は幼なじみだ。男勝りだ、後家の頑張りだと陰口をきかれながら、長谷勝ののれんを守ってきたお寅の苦労を知っている。お寅がこの話を容易には受け入れないこと、そして、そのためにみんなからけちん坊だ、頑固だと悪く言われることが心配なのかもしれない。

「男が行くと喧嘩になっちまうからさ。お高ちゃんが一緒に行ってくれると助かるんだ」

押し問答の末、結局、お高は政次の頼みを承諾してしまった。

日本橋通町にある長谷勝は白壁の蔵造り、笠に勝と染め抜いた藍色ののれんがかかった立派な店構えである。番頭や手代が忙しそうに働いている店を横目でながめ、裏の住まいに向かう。

出て来た女中に取次ぎを頼むと、奥の座敷に通された。床の間の掛け軸は双鷗が描いた恵比寿である。隣町の手に渡りそうになった、町内の守り役、汐見大黒を取り戻す折、ひと役買ってくれたお寅に贈られた。

「そういやぁ、あのときも、世話になったなぁ」

政次がつぶやく。口が達者でひと筋縄ではいかないが、頼れる相手でもあるのだ。

待っていると、次女のお巳代が茶を運んできた。

大きな強い目と色白のふっくらとした頰の美人である。

「母は今、手が離せないので代わりに私が承ります」

はっきりとした声で言った。

お寅にはお辰、お巳代、お羊の器量よしの三人の娘がいる。三人とも三十路をとっくに過ぎているはずだ。長谷勝ほどの大きな店の娘なら、十七、八で婿をとったり、嫁にいくのがふつうだが、三人ともいまだ良縁に恵まれていない。話が決まらないのは、お寅のせいとも、代々、この家の男は早死にをするという噂のせいともいわれている。

政次が事の次第を説明していると、襖が開いてお寅が入って来た。

お寅の背は低い。ひどくやせて背中も少し曲がっている。座布団に座ると、よけいちんまりとまとまって見える。だが、そのやせた小さな顔の瞳は鋭く光り、口元はきりりとしている。

政次は、八幡宮の神輿の飾りの鳳凰の首が折れて、修理が必要なこと。祭りまでひと月を切っているので、なんとか間に合わせたい。金子を援助してもらえないかと頼んだ。

「決まりのものは払っているのだから、その中でやりくりはできないのかい」

案の定、お寅は渋い顔になる。眉間に深いしわが刻まれた。

「それが……、ほかにもあれこれとかかりがありまして……」

「あんたたちは寄ると触ると酒を飲んでいるそうじゃないか。その金をあてればいいんじゃないのかい」

「いや、神輿の担ぎ手の大勢は若いやつらで、そういうやつらと酒を酌み交わすことで心が通うわけで……」

「酒を酌み交わさなくったって心は通うんじゃないのかい。あたしからすると、ただ、酒が飲みたいだけみたいに見えるよ」

「いや、いや、いや……」

お寅は痛いところをついてくる。じつは、お高も同じことを思っていた。祭りを口実に何かと集まっているが、毎年のことなのだから、あんなに寄り合わなくても話はまとまるのではあるまいか。

「自分たちでなんとかしようと思わずに、すぐ人の財布をあてにする。それが嫌だねぇ。たしかにうちには金がある。だけど、あたしたちが勝手に使える金じゃぁない。商いの金だ。俵物ってのは値が張るんだよ」

――たしかに俵物は値が張るよ。だけど、長谷勝が主に扱うのは、最上級のいりなまこ、干しあわび、ふかひれじゃねぇ。もっと安い、寒天、昆布、かつお節じゃねぇか。

政次の心の声が口からもれてしまったらしい。

「政次は仲買人かぁ。いいねぇ、あんたたちは。値が上がれば高く売る、安くなれば安値にする。どっちにしろ、商いは成り立つんだ。それじゃぁ、夏が寒いの、しけで船が出ないのと、年じゅう、心配が絶えないあたしたちの気持ちは分からないよねぇ」

お寅の言葉に、政次は返す言葉が見つからない。

「まぁまぁ、そんなに政次さんをいじめないでくださいよ。うちを頼って来てくださったんですから」

お巳代が穏やかな声でたしなめた。

襖が開いて、下の妹のお羊が入って来た。お羊はふっくらとした頰のおっとりした様子である。ひとりずつながめると違う印象だが、ふたり並ぶとよく似ている。お寅が加わると、もう、まぎれもなく家族だと分かる。

お寅も若い時分はお巳代やお羊のような美形だったのだろうか。

お高はいつか惣衛門が言っていた言葉を思い出した。

――あたしにとっては、相変わらずかわいらしいお寅ちゃんなんですよ。

「ねぇ、おっかさん。祭りの世話役の方々は、あれこれ算段をして、結局困ってこちらにいらしたんです。長谷勝は楽して稼いだ金だから、出してもらうのが当然だなんて、思っていませんよ。ねぇ、そうでしょう」

お羊が鈴を転がすような声でたずねた。

「もちろんでさぁ。俺たちだって、それぞれ自分の商いがあって、金を稼ぐ苦労は知っているんだ」

政次は勢いづいて答える。

「おっかさんは、楽して金を無心されるのが嫌なんでしょ。だったら、たとえば店の仕事を少し手伝ってもらえばいいんじゃないかしら。その駄賃ということで」

お巳代が提案する。

「ああ、そうですよ。何でも言ってくだせえ。うちには元気のいい若いもんがいっぱいいるんだ。力になりますよ」

政次は例によって安請け合いをする。

「そうだねぇ。なにか手伝ってもらうような仕事があったかねぇ」

お寅が首を傾げた。

「あるじゃないですか。荷揚げ仕事が」

お巳代がすらりと言う。

「だけど、お前、あれは素人じゃあ、なかなか担げないよ。俵は重たいんだから」

お寅は渋る。

「でも、元気のいい若い方がいらっしゃるんでしょ。大丈夫よ」

お巳代がすました顔で言う。

「そうねぇ、五日、いえ、三日でどうかしら」

お羊が続ける。

「荷揚げ仕事……か」

政次が低くうめいた。船で運ばれてきた荷を蔵にしまう仕事である。ぎっしりと乾物を詰め込んだ俵は重く、風が通らない蔵の中は暑い。厳しい仕事である。

「そうだねぇ。そこまでやってくれたら、あたしは言うことはない」

お寅がにんまりとした。

「おい、どうしよう。誰か、やってくれるやつがいるかなぁ」

長谷勝を出た途端、政次は情けない声をあげた。

「政次さんが調子のいいことを言うから」

お高もつい、責める口調になる。働いても、その金が自分に入るわけではない。滅私奉公である。そんな苦役を進んでやってくれる人がいるだろうか。

「しまったなぁ。誰もいなかったら、俺がやるしかねぇのかなぁ。俺は、そんな重いもん、持てねぇよ」

「政次さんが言いだしっぺなんだから。三日間、なんとか頑張るしかないわよ。みんなも、それでこそ政次さんだって、喜んでくれるわよ」

お高はそう言ってなぐさめた。

二

「ね、すごいよ。朝海春歌が大人気だよ。あたしの友達も夢中になっている」

早朝、お近は丸九に着くなり興奮したように言った。

朝海春歌とはもへじの新しい雅号である。北亭紅二の書いた『浮世三人娘花歌留多』なる物語に、もへじが絵を添えた。これが、若い娘たちの間で大人気になったのだ。

物語は呉服屋の若旦那、旬太郎に初音、桐、須磨という三人の女たちがからむ恋物語である。

初音は隣の鍵屋の娘。年も若いし、家業が鍵屋という堅い商いだから初心なところがある。

桐は芸者だ。踊りが上手で、お座敷では引っ張りだこだが身持ちが固いことでも知られている。その桐は若旦那にぞっこん。

しかし、若旦那が惚れているのは、幼なじみで、今は旗本の側室となっている須磨だ。旗本は気まぐれで、癇癪持ち。須磨に手を上げることもあるらしい。しかも、まわりの女中たちは正妻の手先となって、須磨をいじめる。旬太郎は呉服屋だから衣装の御用で須磨に会う。初音や桐に対しては恋の上手な旬太郎だが、須磨の前では純情だ。切ない思いで見守るだけだ。

読む人は初音、桐、須磨と、それぞれの女たちに心を添わせる。旬太郎という若旦那もちゃらんぽらんのようでいて、一本筋が通っている。

物語もいいのだが、そこに力を与えているのがもへじの絵である。

ふっくらとした頬の幼さの残る無邪気な初音、勝ち気で気風のいい桐、気品があり、ひたすら耐える須磨。三人三様の気性が顔立ちに表れる。三者三様にきれいで愛らしいのはもちろんだが、どこか不思議な感じがある。

それが、例のやぎの目なのだ。

切れ長でまつげの濃い影のある目は、白目が多い。白目の真ん中に小さな黒目が浮かんでいる。よく見ると、少し横長だ。それが憂いのある独特な雰囲気を醸（かも）し出している。

「着物の柄（がら）とかもおしゃれなんだってさ」

お近は自分のことのように自慢をする。

もへじは以前、お近の姿絵をもとにして暦（こよみ）の表紙絵を描いたことがある。そのとき、自分で衣装一式を用意してきた。着物についてもずいぶん勉強していたのだろう。

「それでね、もへじは謎の絵師ってことになっているんだ」

物語作者は北亭紅二という三十そこそこの鼻筋が通った色男だ。二重（ふたえ）のきれいな目をしている。物語から抜け出てきたようというのは、熱心な読者たちの弁だ。

「だけどさぁ、もへじはちょっと絵の感じと違うじゃないか」

お近は言いにくいことをあっさりと言う。

もへじというのはあだ名だ。へのへのもへじに似ているので、そう呼ばれている。

「こんなきれいな絵を描く人は、きっと粋（いき）な人なんだわって、読者は勝手に思っている。その夢を壊しちゃいけないんだってさ」

「あら、そういうものなの？」

「人気絵描きってのは、いろいろ気を遣うもんだねぇ。たしかに乙な年増に囲まれたら、あのもへじさんも悪い気はしないだろうからねぇ。そういうことなら、まぁ、あんたは安心ってわけだ」

お栄はにんまりと笑う。

お近は案外焼きもち焼きである。以前、付き合っていた漁師の少年には幼なじみの娘がいた。お近はその娘とあれこれと張り合った。

しかし、もへじは今のところ、そういう心配はなかった。酒は好きだが、とくになじみの女の人はいないらしい。作太郎と一緒に住むようになり、絵の仕事が忙しくなった昨今は飲み歩くこともなくなった。

唯一の心配は絵が売れて、女たちに騒がれるということだったが、もへじが顔を出さないとなれば安心である。

丸九は五と十のつく日は夜も店を開ける。この日は二十日だった。

かさごの唐揚げと冷奴、ぬか漬けの瓜に大根の千六本のみそ汁に白飯、甘味は葛まんじゅうである。

一番客は、昼も来たのに、またうちそろってやって来た惣衛門、徳兵衛、お蔦の三人である。

「おお、夜はかさごの唐揚げですか」

惣衛門がうれしそうな声をあげる。皿の上でかさごが大きな口を開けている。お栄がかさごの唐揚げがうまいと言ったので、お高も久しぶりにつくってみたいと思った。ほどよい大きさのかさごは、香ばしい匂いをさせている。皮の下には脂ののった白身が隠れているし、ぴんとはった背びれや骨もぱりぱりとしてうまいのだ。

「今日の冷奴は大きいところがいいねぇ。大好物なんだよ」

徳兵衛が目を細める。

「あれ、今晩は葛まんじゅうかい。うれしいねぇ」

お蔦も顔をほころばせる。

三人は盃を交わしながら、いつものように楽しそうにおしゃべりをしている。

「やっぱりね、こんなふうに気の合う人とうまい飯を食べて酒を飲むっていうのが幸せなんですよ」

「そうそう。『かさごもひとりじゃうまからず』って昔から言ってね」

「そりゃぁ、徳兵衛さん、『鯛もひとりじゃうまからず』じゃないんですか」

「あ、そうだったっけ。まぁ、いいじゃないか。かたいことは言わずにさ」

そのとき、入り口の戸が開いてもへじが入って来た。

「あ、もへじ、いらっしゃい」

お近がうれしそうな顔で、さっそくもへじのそばに寄る。

「おや、絵描きの先生じゃありませんか。お久しぶり」

徳兵衛が声をかける。

「いやいや、また、三人おそろいで」

もへじが愛想よく答え、徳兵衛たちの近くに腰を落ち着けた。

「いつものお連れさんは？」

作太郎のことである。

「ああ、あいつは家にいますよ。手が離せないみたいで……」

「そうですか。絵に集中していらっしゃるとか。みなさんご活躍で。例の朝海……」

惣衛門が言いかけると、もへじが困ったように頭を下げた。

「すみません。その名前はちょいと伏せておいてもらってもいいですかねぇ。じつはね……」

声をひそめる。

「朝海春歌は二枚目でなくちゃなんねぇって、版元が言うんですよ」

「そりゃぁ、いくらなんでも失礼じゃないですか。もへじさんはいい味を出してますよ」

惣衛門が言う。

「そう言ってくれるのは、みなさんだけですよ」

もへじが答えた。

「お、ひとつ浮かんだ」

徳兵衛が目を輝かせる。得意のなぞかけを思いついたらしい。

「唐揚げとかけて、いい夢ととく」

「ほう。唐揚げとかけて、いい夢ととく、その心は」

惣衛門が続ける。

茶を運んで行ったお高にもへじが言った。

「それで、作太郎は家で絵を描いている。悪いけど、一人前、包んでくれませんかねぇ」

「ええ、でも……」

そのとき、徳兵衛の得意そうな声が響いた。

「その心は、冷め（醒め）てほしくないなぁ」

お高は思わず笑ってしまった。今のお高の気持ちそのものだ。料理人としたら、揚げたてのぱりぱりしているところを食べさせたいのに。

「いや、そうなんですよ。分かっているんですけど、申し訳ない」

きっと興がのって手が離せないのだ。そう思ったお高は、もへじの帰りぎわ、折にかさごの唐揚げと青菜の和え物、漬物とご飯をつめて渡した。

もへじが出ていくと、入れ替わりのように政次がやって来た。

「お高ちゃん、酒をくれ」

「ここは飲み屋じゃありません。料理を味わってお酒もほどよくって店です」

「いいじゃねぇか。じつはさ、例の長谷勝の荷揚げの話、やってくれるってやつが見つかったんだ」

「どこにそんな奇特な人がいたの？」

「それがいたんだよ。河岸の近くに旭屋って豆腐屋があるのを知っているか？　店主の伝助が頼まれてくれたんだ」

「どうして？　その間、お店はどうするの？　誰かやってくれる人がいるの？」

「知らねぇよ。向こうからたずねて来たんだ。自分でお役に立てるならやりたいって。よかったよ、本当に助かった。どうなることかと思ったよ」

政次はほくほくしている。しかし、伝助はなぜ手を挙げたのか。わずか三日とはいえ、慣れない力仕事は辛いだろう。何か特別なわけがあるのではないか。

お高は首を傾げた。

三日が過ぎた。店を開ける前、大根の皮をむきながら、お栄はふと、思い出したように言った。

「そういや、長谷勝の荷揚げ仕事は続いているんでしょうかねぇ」

「どうかしら。政次さんは何にも言ってこないから、豆腐屋さんのご主人がうまいことやってくれているのじゃないかしら」

「豆腐屋ねぇ。なんだか妙な話だなぁと思って考えていたんですよ。そうしたら、思い出した。もう、七、八年前になるのかな。旭屋のご主人、そのころはまだ、親父(おやじ)さんが店を仕切っていたから息子さんになるんだけど、伝助さんと長谷勝の長女といい仲だったたって噂」

「長女って、お辰さん?」

長谷勝に行ったとき、ふたりの妹には会ったがお辰は姿を見せなかった。

「そう。だけど、伝助さんは豆腐屋の跡取りで、向こうは長谷勝の長女。お辰さんのほうが年上だとか、家の格が違うとかでさんざんもめて、伝助さんが長谷勝の婿に入るってことでまとまりそうになったんだけど、お寅さんが強く反対してその話はなくなった。それから、お辰さんとお寅さんの仲が悪くなって、婿取りの話は進まないんだって」

「その話、本当なの? だけど、それなら、どうして今ごろ、長谷勝の荷揚げ仕事に行ったりするのかしら」

みそ汁をかき混ぜながら、お高は首を傾げた。

「旭屋って河岸の近くの豆腐屋でしょ。あそこはときどき、女の人が店番をしているよ。おかみさんかと思ったら、そうじゃなくて手伝っているだけだって。あの人がお辰さんじゃないの？」

　お近が話に加わった。

「あんた、どうして、そんなこと、知っているの？」

「そこの娘が教えてくれた。どっちつかずで、ぐずぐずしているうちに気づいたら何年も過ぎちゃったんだってさ。ふたりとも、どうするつもりだろうって、干物屋の娘は心配していた」

「へぇ、そういうことか。それで、名乗りを上げたのか」

　お栄が納得する。

　いやいや、そんな相手のところに、なぜわざわざ手伝いに行くのか。理由が分からない。

　のれんを上げると、最初のお客の波の中に、政次がいた。連れがいる。茶を運んで行ったお高に言った。

「こいつが旭屋の旦那の伝助。いい男だろ。進んで、あの長谷勝の仕事に行ってくれているんだよ。いよいよ今日が三日目だからさ、ここでしっかり食べて力をつけてもらわにゃならんと思ってさ」

　政次の言葉に、伝助という男は軽く頭を下げた。年は三十半ばか。鼻の頭が日に焼けて赤くなっている。

肩幅の広いがっちりとした体つきだが、眉が細く、口が小さく、おとなしげな顔つきである。この男が、長谷勝の長女のお辰といい仲なのか。

お高は思わず、じっと顔を見つめてしまった。

「なんだよ。お高ちゃん、いくら伝助がいい男だからって、そんなじろじろ見るなよ」

「あ、ごめんなさい。だって、本当によくぞ、手を挙げてくれたと思って。大変な仕事でしょ。ご苦労さまです」

「そうですね。最初の日はまぁ、こんなもんかと思ったんですが、翌日になると体にずっしりときた。今日が最後ですから、なんとか乗り切りますよ」

穏やかな笑みを浮かべた。

昼を過ぎたころ、作太郎が来た。

ひとりかと思ったら、ぞろぞろと七、八人の女が続いて入って来た。ふだんは男が大半の店が、女たちで埋まった。奥の席にいた惣衛門は、「これは、これは……」と言いかけて次の句が出ない。

「えっと、みなさん、おそろいで。今日はどういう会ですかね」

徳兵衛がすぐ近くにいた娘にたずねた。

「私たち、朝海先生を応援しているんです」

娘は誇らしげに答える。

「えっと、どの方が、その朝海先生ですか？」

「あちらの方です。『浮世三人娘花歌留多』の挿絵で今、とおっても人気なんですよ。私も毎日夢中になって、先生のお宅をたずねて行ったんです」

頬を染め、目を輝かせて語る。

「だって、あの人は……」

言いかけた徳兵衛の袖をお蔦が引き、何やら耳打ちする。勘のいいお蔦はもへじの代わりを作太郎が務めていると気づいたのだろう。

「あ、そうですか。あの方がね。ふんふん、そうですかぁ」

徳兵衛はうなずいた。

その日はすずきの照り焼きにおからの煮物、しじみのみそ汁にぬか漬け、白飯、甘味は白玉の梅蜜かけである。

作太郎や女たちのところに膳が運ばれる。

食べはじめると、いっとき静かになった。

だが、すぐに女たちはぺちゃくちゃとしゃべりはじめた。

「朝海先生、毎日、こちらのお店でお食事をされるのですか」

わざわざ出向いていって話しかける女もいる。

「ええ、まぁ。でも、たいていは絵を描いていますから。飯は自分で炊いたりもします」

「まぁ、そんな、ご自分で」

「食べ物では何がお好きなんですか」

だんだんと女たちが集まって、作太郎を取り囲む。何か答えるたびに甲高い声で笑う。

何人かいた男の客は急いで食べ終わり、出ていった。惣衛門、徳兵衛、お蔦の三人も気まずい様子になり、立ち上がる。作太郎は申し訳なさそうな顔で座っている。食べ終わって作太郎が出ていくと、女たちも去った。

店には誰もいなくなった。

「まったくあれは、なんだったんでしょうねぇ」

お栄が呆れたように言った。

「いつの間にか、作太郎さんが朝海春歌ってことになってしまったのね」

お高はため息をついた。

「もへじから聞いたんだけどね、少し前、もへじと作太郎さんが藤若堂に行ったんだって。そしたら、北亭紅二もやって来た。今みたいに女の人がいっぱいついて来ていて、きゃあきゃあと騒いでいたんだってさ」

――にぎやかですねぇ。

――北亭先生のときは、いつもそうですよ。

萬右衛門はさらりと答えた。

北亭が入って来て、もへじや萬右衛門の話に加わった。話の続きはこうなって、だから挿絵はこんなふうにと決めごとをして、北亭は帰っていった。

作太郎のほうの打ち合わせもすんでもへじとふたりで表に出た。

――朝海春歌先生でしょ。そうですよね。

若い娘が、作太郎に声をかけてきた。

――あ、いや、私は。朝海は……。

言いかけて、口ごもった。もへじはさっき話した絵について考えをめぐらしながら歩いている。

――そうだと思いました。さっき、北亭先生とお話をしていたのは、新しいご本のことですか？

娘の瞳はきらきらと輝いている。

――え、いや。その、まぁ……。

――朝海先生の絵が大好きです。北亭先生のお話もいいけれど、朝海先生の絵があってこそと思います。私は毎日、ながめています。

気づくと女たちに囲まれていた。もへじはいつの間にかずっと先に行っている。

この人が朝海先生なのね。絵の通りの粋な人ね。憧れていたのよ。やっと会えたわ。

女たちは口々に話をしている。

「そういうわけで朝海春歌は作太郎さんということになってしまったんだよ。それから、女の人が家に来たり、外に出るとどこからか女の人が現れてついてくるって聞いたけど、あんなふうなんだ」

お近は言った。

「気の毒に。あれじゃぁ、ゆっくりご飯も食べられないよ。大変だねぇ。どうするつもりだよ」

お栄が眉をしかめた。

もへじのほうは絵が人気になって次々仕事が来るだろうし、金も入るだろう。だが、作太郎はこれからだ。黄表紙（きびょうし）の挿絵で金を稼ぐと言ったのにまだ一冊も出ていない。物語も書けないままだ。

それなのにもへじの代役で女たちに騒がれるのは、どんな気持ちだろう。悔しいのか、腹立たしいのか、ばかばかしいのか。

お高は先ほどの作太郎の表情を思い出していた。

やるせない顔をしていた。

三

河岸に買い物に出たついでに、旭屋をたずねた。

思ったよりも、さらに小さな店だった。入り口近くに豆腐を入れた桶があり、脇の棚にはおからや油揚げが並んでいた。店の奥が仕事場になっていた。

午後の時間なので店はがらんとしていた。豆腐屋は朝が早い。いや、夜のうちから働くといったほうがいい。ひと晩水に漬けた大豆をすりおろしてしぼり、豆乳にする。その豆乳を温め、にがりを加えて固めるのだ。夜明けに店を開けるお高のところにも、つくりたての豆腐が届けられる。

ふと見ると、水桶のかげに十歳ぐらいの小僧が座って居眠りをしていた。

こうして店を開けているということは、旭屋はこの日もいつも通り豆腐をつくったのだろう。まさか伝助がということはあるまい。それでは、眠る時間がなくなってしまう。

それなら、伝助の父親か。

だが、政次は伝助が店の主と言っていなかっただろうか。父親はとっくに隠居をしているのではあるまいか。

では、誰が豆腐をつくったのか。

なぜ、そんな無理をしてまで長谷勝で働きたかったのか。よく分からない話だ。

「お豆腐ですか？」

店の奥から女が出て来て声をかけた。その顔を見て、お高は息をのんだ。力のある大きな二重の目をしていた。意志の強そうな口元だった。お寅の長女のお辰に違いない。

「あ、そうですね。豆腐……、いえ油揚げをお願いします。それから、おからも」

豆腐を買うなら鍋を持ってこないといけなかった。

お辰は慣れた手つきで、竹皮に油揚げとおからを包んで手渡した。受け取ろうと手を伸ばしたとき、お辰の口元から笑みが消えた。大きな力のある目はお高を通り過ぎ、後ろに向かっている。

お高は振り返った。

道の向こうに供を連れた小さな人影があった。

長谷勝のお寅だった。

お寅とお辰はにらみあった。先に声を出したのはお寅だ。背を伸ばし、胸を張り、鋭い声で叫んだ。

「お辰、あんた、いったい、ここで何をしているんだよ」

「見ればわかるでしょ。働いているのよ。あたしは決めたの。もう長谷勝には戻らない。あとのことはお巳代とお羊に任せたから」

　お辰は負けずに言い返した。

「そうか。あんたは、この豆腐屋に勝手に嫁ぐつもりなのか」

「そうよ。おっかさんが伝助さんは俵物は無理だって言ったから、あたしが豆腐屋に来たの。それしかないじゃないの。だからふたりで話し合ってそう決めたの。伝助さんに会ったんでしょ。そう言ってなかった？」

「そんなようなことを言っていたねぇ。あの男の声は小さいから、あたしにはよく聞き取れないんだよ」

「声が小さいんじゃないわよ。穏やかなのよ。おっかさんは最初から聞くつもりがないから、耳に届かないのよ」

　お辰が叫んだ。

　お寅はお辰をぐいとにらみつけ、くるりと踵を返すと今来た道を戻っていった。供の若い女中が従う。

　一瞬、お寅の後ろ姿がふらりと傾いだように見えた。お高が後を追いかけると、角を曲がった道の先に座り込んでいた。

「どうなさったんですか？」

「ああ、丸九の……。大丈夫だよ。ちょっと、つまずいただけだから。いやだねぇ、年をとると。なんでもないところで転ぶんだ」

立ち上がろうとして顔をしかめる。足首をひねってしまったらしい。

「……平気だから。気にしないで。あんたも忙しいんだろ。行っていいよ」

口では強気なことを言うが、お寅の顔が青い。立ち上がらず、そのまま地べたにしゃがみこんでいる。若い女中は困った顔をして、黙って立っている。

「ともかく、立ち上がりませんか。お手伝いしますから」

お高が手を差し出すと、その手をつかみ、そろそろと立ち上がる。お寅の指は骨ばって、思いがけない強い力があった。

「店に戻って、誰か呼んできておくれ。あたしはゆっくり歩いていくから」

意外にしっかりした口調で女中に指図する。

「私もここにいて、おかみさんのことを見ていますから。あなたはすぐ、お店に戻ってください。お願いしますね」

お高がそう言うと、女中は安心したようにうなずいて店に走っていった。

お寅はお高の肩を借り、足を引きずりながらゆっくりと歩きだした。

「お恥ずかしいところを見せちまったねぇ。まったく、あの子にも困ったもんだよ」

秋とは名ばかりの強い日差しが照りつけて、地面にふたりの黒い影がくっきりとできた。

少し歩くと、額に汗が浮かんできた。

「あんたたちが八幡様の祭りのことで来たときさ、荷揚げの仕事を手伝ってもらうって話になったじゃないか。朝、番頭が困った顔してやって来て言うんだよ。『お辰様の豆腐屋が来てます』って。あたしは最初、なんのことだか、分からなかったよ。蔵に行ったら、荷役の男たちの中にひとり、生白(なまじろ)いのがいるじゃないか。ようやく思い出した。昔、お辰が一緒になりたいって言った男なんだ」

　お寅はそこで足を止め、深い息をついた。

「三日働いてもらったらいいって娘たちが言った。あたしも、それがいいと答えた。だけどさ、本当のことを言えば、素人にちょこっと来られたって困るんだ。頭(かしら)には、適当に軽い物を持たせて、働いたふりだけさせてやればいいよ。なんなら半日で帰してもいいって言っておいたんだ。そしたら、豆腐屋が来た。あたしに挨拶(あいさつ)もない。こっちも意地があるからね。どんどん重たいもんを持たせろ。向こうが音(ね)をあげるまで、こき使うんだって、頭に言いつけた」

「それで、三日間、働いたんですね」

「そう。まぁ、頭のほうは多少の手心を加えてくれたらしいけどね。豆腐屋のやつ、終わったら、あたしのところに来て言ったんだ。お辰さんと一緒にならせてくださいって。ああ、このひと言のために、この男は店を休んで、三日も働いたのかってやっと気づいた」

荷揚げを手伝ったらいいと言ったのはふたりの妹たちだ。もしかしたら、妹たちはお辰と伝助の仲を知っていて、その場をつくったのかもしれないとお高は思った。

「……だけどさ、そういうところが、ずれているっていうか、あたしとは考えが違うんだねぇ。もう、今さら、そんな挨拶なんかどうでもいいじゃないか。親子の縁なんか切ってもかまわないってどうして思えないのかねぇ」

「筋を通したかったんじゃないですか。まじめな方なんですよ」

「まぁねぇ、そうとも言うか」

お寅は顔をしかめた。それは足の痛みのせいか、それとも長女のことを思ってか。

「あのふたりがまだ続いていたなんて、思ってもみなかったよ。あの子もあたしに似て頑固者なんだ。負けず嫌いで、一度言いだしたらてこでも動かない。あの子に向くのはね、やわらかくて、ふわふわした豆腐じゃないんだよ。寒天に昆布にかつお節。固くてちょっと見は悪いんだ。だけど、いい味が出るような、そういう男だよ」

「豆腐屋の伝助さんも、なかなかいい味の方だと思いますけど」

「はは。そう思うしかないねぇ。よくよく考えてみたら、あの子ももう四十に手が届く。まだ、お巳代にお羊もいる。上がつかえちまったら、下が困るよ」

そのとき、道の向こうに長谷勝の法被（はっぴ）を着た男がふたり走ってくるのが見えた。ひとりは若い。いかにも力がありそうだ。もうひとりは年嵩（としかさ）だ。こちらは番頭だろうか。

「いや、びっくりしましたよ。大丈夫ですか」

白髪混じりの男が大きな声をあげた。

「いや、なに、ちょっと転んでね。足をひねったんだ。丸九のおかみさんがついていてくれたから、安心だったよ」

「そうですか。それは、それは。ご親切にありがたいことです」

男は何度もお高に頭を下げる。

「とりあえずは、すぐに医者に診せましょう。捻挫は怖いですからね、甘くみたらいけません。さあ、お前はおかみさんを背負って、医者に行くんですよ」

若い男は軽々とお寅を背負うと、足早に去っていった。


それからどうなったのか。

気にはなったが政次はあれ以来、丸九に寄りつかない。お寅に助けてもらった金で神輿を直し、祭りに向けてあれこれと忙しくしているのだろう。

伝助とお辰の一件を教えてくれたのは、お近だった。芋の皮をむきながら言った。

「このたび、嫁に迎えましたからって隣近所に挨拶したんだって」

「だって、もうずっと前から店に出入りしてたんだろ。今さら、嫁もなにも、ないじゃないか」

お栄が鍋をかき混ぜながら、少し呆れたように言う。

「そういうところをきちんとしたい人なんでしょ。まじめなのよ」

お高は言った。

「干物屋のおばさんは、ともかく、落ち着くところに落ち着いてよかった、よかったって喜んでいたよ。伝助さんは嘘が嫌いで、やさしくて、お辰さんは気持ちがしっかりしているから、いい組み合わせなんだってさ」

隣近所も心配していたのかもしれない。

それから数日後、午後、店を閉めた後、お高がひとりで仕込みをしていると、裏口の戸がたたかれた。開けると、お寅がいた。

「この前はすまなかったね。あんたがいてくれたから、大事に至らずにすんだよ。今はこうして元通り歩けるようになった。遅くなったけど、気持ちばかりのお礼を持ってきたよ」

「まぁ、そんな……申し訳ない。お入りになりませんか」

お高が誘うと、お寅は杖をつきながら入って来た。供の女中は大きな風呂敷包みを持っている。

「商売もんで悪いけど、かつお節と寒天。それから昆布もね、早煮のやつと上方の人が好きな肉厚のもんも入れておいたから。上方の人は昆布のだしが好きなんだよ。試してみたらいい」

風呂敷包みを開くと、上等のかつお節や黒々とした昆布がたくさん入っていた。

お高は床几（しょうぎ）をすすめ、お茶をいれた。お寅はまな板の上のかさごに目をやった。

「おや、かさごか。うまい魚だね。あたしは好きだ。目玉がぎょろぎょろして面（つら）がまえもいい。ひれに固いとげがあってさ、刺されると痛い」

ちらりとお高の顔を見た。

「若いころ、あたしはもっと目が大きかったんだ。同業の長老があたしの顔を見て言った。かさごみたいな顔だ。俵物屋にはぴったりだって」

「それは、ほめ言葉なんですね」

「そうらしいよ。俵物は金額も大きいし、仕入れ値は天気なんかにも左右される。干しあわびやなまこは、長崎で唐人（とうじん）相手の商いになる。度胸がいるんだ。理詰めで考えすぎるのはいけないし、あれこれ心配したり、くよくよするのもだめ。時には固いとげで刺す。人から嫌われることを怖がるなって。だからね、あたしは世間の人があたしのことをなんて言っているか知ってる。でも、いいんだよ、それで。あたしは長谷勝の主人なんだ。それが、あたしの覚悟なんだ」

お寅はさらりとそう言った。お寅は吝嗇（りんしょく）と言われているが、祭りや年末の大掃除には町内の人たちに毎年大盤ぶるまいをしているのだ。あれこれ取り沙汰されるのは、お寅が女だからに違いない。

「おや、麦茶だね。あんた、お茶をいれるのがうまいね」

「うちに卵を売りに来る葛飾の方の家のお年寄りがつくっているんです。私は土瓶で煮るだけ」

お高は答えた。

「へぇ、そうかい。それでも、心があるか、ないかで違うんだよ。うちでも麦茶をつくるけどね、毎日、味が違う。渋いときもあれば、水みたいに薄いときも」

隅に座っている供の女中が顔を伏せた。

「ね、この次から気をつけるんだよ」

やさしい声をかけた。

その顔にお辰やお巳代、お羊が重なった。

しわが増え、やせて小さくなってしまったが、若いときのお寅は三人の娘たちと同様、美しい娘だったに違いない。幼なじみの惣衛門に見せたくて、新しい下駄を履いて花火を見に行き、鼻緒で足がすれてべそをかいた、可憐な少女だったのだ。

夫を亡くし、自分が長谷勝の店を守っていくと覚悟を決めたとき、お寅は自分を変えたのだ。固いとげを身につけた。それがお寅の覚悟だ。

「三人の娘の中では、お辰があたしに一番似ているんだ。気性も顔も。だから、俵物の商いには向いていると思っていたんだ。人から、好き合っている人がいるらしいって聞いて、こっそり見に行って驚いた。あの伝助って男……、笑った顔が父親にどっか似ているんだよ。子供のころに死に別れたから、顔なんか覚えていないと思っていたのにさ」

お寅は遠くを見る目になった。

「死んだ亭主はまじめな人だった。婿に来てから一所懸命、商いのことを覚えて。だけど、大きな損を出してしまった。あの人のせいじゃないんだ。そういう年だったんだ。だから、すぐ、忘れてしまえばいいのにさ。それができなかった。それで……次の年も。また、次も。大きな失敗じゃぁ、なかったよ。だけど、そのうちに、どうしていいのか、分からなくなったんだね。怖くなったんだよ。やがて心を病んだ。そういうのを、長谷勝ののれんの重さに耐えられなかったって言うのかねぇ」

伝助が似ているのは顔だけではなく、気性もそうなのだろう。

だから、お寅は反対した。

それでもふたりが一緒になりたいというのなら、お辰が家を出ればいい。まだ、娘はふたりいる。長谷勝とはすっぱり縁を切り、勝手に豆腐屋の女房になればいいと思っていたに違いない。

それがお寅の筋の通し方だ。

人から何を言われても、嫌われてもかまわないと腹をくくれ。

だが、伝助は筋を通したかった。お寅の許しを得て、正々堂々とお辰を嫁に迎えたい。

そういうところも、お寅には世間体を気にする、優柔不断な男に見えたのかもしれない。

「この前、お辰が家に戻ってきたんだ。仏頂面してさ、言ったんだ」

——あたしは、おっかさんとは違うの。伝助さんを支える、いい女房になりたいんだ。

「内助の功だってさ。ばっかだねぇ。あの子はあたしの娘なんだ。辰年生まれで、気が強くて……、あの子が考えているような内助の功だ、亭主に添っていくだってのをしたいんなら、そういう男を選ばないと。もっと、こう、口が大きくてさ。指なんかも太くて、腹が据わっている男だよ。そう言ったら、『おっかさんは、本気で人を好きになったことがあるのか』だってさ。だから、あたしは言ってやったんだ」

——あるよ。あんたのおとっつぁんだよ。

「そしたら、お辰のやつ、目を丸くして言うんだ」

——そんなはずはない。だって、おとっつぁんとおっかさんはおばあちゃんが決めた縁じゃないの。祝言の日に、初めて顔を見たって聞いたわよ。

「いい年をして、なんにも分かってないんだねぇ、あの娘は」

お寅は声をあげて笑った。

「あたしが長谷勝を守るのは、ばあさんや、おっかさんのため、三人の子供たち、番頭や手代や女中たちの食い扶持のためでもあるけどね、一番は、死んだ亭主のためなんだよ。あの人が苦しんで、無念のうちに死んだのを見てたからね。安心してくださいって言ってやりたかったんだ」

一瞬、お寅の目が濡れたが、次の瞬間にはいつもの表情に戻っていた。

「つまらない話を長々と聞かせて悪かったね。政次に会ったら、寅が政次のおかげで散財させられたって怒っていたって言っとくれ」

笑いながら出ていった。

お寅が去って、お高はまな板に目をやった。赤と黒のまだらのあるかさごがのっている。大きな頭に太い胴体、大きな背びれと胸びれに太いとげがあった。

かさごはいわしのように群れる小魚ではない。かつおやまぐろのように大海を勢いよく進むこともしない。冷たい海の底の岩場や砂地に棲んでいる。

ふと、お寅の淋しさを思った。三人の娘がいて、番頭や手代に囲まれていたけれど、お寅はずっと孤独だったのではないか。

誰かに相談することはできても、最後に決断するのは自分。間違えれば、家族や店の者たちは路頭に迷うかもしれない。頼れるのは自分だけ。

亡くなった夫はその重さに耐えられなかった。

けれど、お寅は闘った。自分との闘いだ。そのために自分を変えた。それをお寅は覚悟と言った。

そしてとうとう、ほかの人たちが容易にたどり着けない場所に至った。お寅はますます淋しいに違いない。

そんなことを言ったら、きっとおおらかに笑うだろう。

そんな気がした。

第四話　ずんだと神様

一

暑い季節にやって来るのは金魚売りに風鈴売り、枝豆売りである。青々と葉を茂らせた枝豆を腕に抱え、あるいは背負いかごに入れた行商人が辻をめぐって売り歩く。その日、お高は葛飾からやって来たという行商人から三束買った。

「体にいいんだよ、なんたって若い大豆だからね」

お栄の言葉にお近は目を見開いた。

「枝豆って大豆のことなの？　あたしは枝豆って豆があるのかと思っていたよ」

大豆を緑のうちに収穫したものが枝豆だ。

豆腐に納豆、みそ、醤油と大豆には毎日お世話になっているが、そのうえ、若い実までを楽しむ。なんとも頼りになる豆だ。

「枝豆ご飯もいいわねぇ。清々(すがすが)しくて。どうしようかしら」

お高は首をひねる。

煮物に加えて彩りにしたり、かき揚げに加えることもある。男たちに人気なのはあずま煮で、さやごと醤油とみりん、鷹(たか)の爪(つめ)を加えて煮含めたものだ。酒の肴(さかな)にちょうどいいらしい。

店でも食べるが、まかないにも枝豆はしょっちゅう登場する。極め付きはやっぱり塩ゆでで、これはもう、毎日食べても飽きないおいしさだ。朝昼は店でしっかり食べるから、お高はいつも夕餉(ゆうげ)は軽くすませる。おかずは冷奴(ひややっこ)に枝豆で十分。どうやら、お栄もそのクチらしい。まだ若いお近には、煮物か魚も食べてほしいけれど。

あれこれ考えて、結局、その日のお膳(ぜん)はたこのから揚げに枝豆の素揚げを添えることにした。青菜の酢の物とぬか漬けで、ほかにわかめの汁とご飯、甘味(かんみ)は小豆(あずき)の寒天寄せだ。

昼近くなって河岸(かし)で働く男たちの一団が去ると、いつものように惣衛門、徳兵衛、お蔦(つた)の三人がやって来た。

「お高ちゃん、今年も採れたからね。だだちゃ豆(まめ)、少しだけどおすそ分け」

徳兵衛は、厨房(ちゅうぼう)のお高に裏庭で育てた枝豆を入れたかごを手渡した。

「いつも、すみません」

「いいんだよ。いろいろ世話になっているしね。お高ちゃんが上手にゆでてくれるからうれしいんだ」

だだちゃ豆のだだちゃとは父親のことで、一家の主である父親に一番に食べさせるからその名がついたともいわれる。

徳兵衛のひいじいさんが庄内の人で江戸に出て来たとき、大好きなふるさとの枝豆も携えてきたのがはじまりだ。土地が変わると上手に育たないといわれていたが、ひいじいさんが丹精したので、ふるさとと遜色ないおいしさになったという。

「出る前に切ってきたから、うまいよ」

枝豆は湯を沸かしてから摘みに行けというそうだ。摘みたてには独特の甘さやうまみがある。

「今年も大きく実ってますねぇ」

お高は感心してだだちゃ豆をながめた。

茎は太く、緑の葉はわさわさと茂り、その陰には茶色のもわもわとしたうぶ毛に包まれたさやがいくつもぶら下がっている。はさみでさやを切り取り、塩をまぶしてまな板の上で転がしてうぶ毛を落とす。

沸騰している鍋に入れると、湯はうっすらと茶色に染まった。ゆであがりをざるにあげ、塩をふってから団扇であおぐ。これは徳兵衛から教わったやり方で、ひいじいさんのときから、このゆで方なのだそうだ。

ひとつつまんで豆を取り出す。茶色いさやの中は、みずみずしい緑色だ。口に含むと、豆の匂いと甘さ、ふり塩のしょっぱさが口に広がった。

鉢に入れて徳兵衛たちの席にたっぷりと、あとのお客には小皿でおすそ分けだ。

「ああ、うまい。だだちゃ豆はゆで加減が難しいんだ。お高ちゃんのゆで方には心があるね」

徳兵衛が大げさに喜ぶ。

「また、そんなことを言って。豆がいいからですよ」

「いやいや、本当だよ。ほんと。あ、でも、やっぱり豆のせいもあるかな。俺が汗かいて育てたから」

「ほんとですかねぇ。店の若い人たちに任せっぱなしだったんじゃないんですか」

惣衛門がからかうような目をする。

「徳兵衛さんはいつも、いいとこ取りだからねぇ」

お蔦も笑う。

惣領息子で甘やかされて、おまけに調子のいいところがある徳兵衛が畑を耕したり、草をむしったりする姿は想像ができない。あれやれ、これやれと指図して、自分は休んでいたのではあるまいか。

「そんなことはねぇよ。まったく信用がないんだなぁ」

徳兵衛は口をへの字に曲げた。

運ばれた膳を見てお蔦が目を細める。

「お、めずらしい枝豆だねぇ」

「いい日に来たよ。ごちそうさん」

店にいるお客たちから声があがる。

「そうだ、なんか足りないと思ったら、徳兵衛さんのなぞかけが出ないじゃないか」

「おお、そうだ、そうだ。あれがないと、飯を食った気がしないよ」

そんな声がかかって、徳兵衛は思わず目じりを下げた。

「困ったねぇ、そんなことを言われちまったらさぁ。だけど、せっかくのお声がかりだからね、ううん、そうだ。よし、ひとつ。……茶豆とかけまして、天下の名刀ととく」

「ほうほう、茶豆とかけて天下の名刀ととく。いいですなぁ」

惣衛門が続ける。

「その心は、さやにもご注目ください」

「あはは、今日はまた、冴（さ）えているねぇ」

「うまい、うまい」

あちこちから声がかかって、徳兵衛はますます得意の顔になった。新しいお客は来ないので、手のすいたお高やお栄、お近も徳兵衛たちのまわりに集まった。

徳兵衛はふと内緒話をする顔になった。

「よし、今日はとっておきの話をしようか。じつは、ひいじいさんが庄内から持ってきたのは枝豆だけじゃねぇんだよ。一緒に蔵の守り神様も連れてきたんだ」

「蔵っていうのは、お住まいの裏にある蔵のことですか？」

お高はたずねた。

「そうだよ。ひいじいさんは裏長屋に住んでいるときも、ちゃんと神棚をつくってお祀(まつ)りしていたんだってさ。その神様がとくに好きなのは枝豆でね、だだちゃ豆だ。これがないとご機嫌が悪い。だから、ひいじいさんは江戸に来てもだだちゃ豆を育てたんだな」

徳兵衛の曽祖父(そうそふ)は最初、深川(ふかがわ)にやって来た。長屋住まいをしながら天秤棒(てんびんぼう)をかついで酒を売り、その後、同じく深川に小さな店を開いた。酒屋は繁盛(はんじょう)し、祖父の時代に日本橋に移る。ついには蔵を持つまでの物持ちになった。

「ひいじいさんも、じいさんも働き者だった。誰よりも早く起きて、夜遅くまで働いた。店の中も外もきれいに掃き清めてね、人には親切に、いい酒を安く売った」

その言葉を聞いたお栄がにんまりとする。「どの口が言うか」という顔だ。

お高はたずねた。

「ひいおじいさんやおじいさんたちが心の支えとしたのが、その守り神様なんですね」

「そうだよ。今朝も、朝一番に摘んだ枝豆を供えてきたよ。守り神様も喜んでくださっていた」

「その守り神様はどんな姿をしているの？」

お近がたずねた。

「小さな子供の姿だよ。じいさんのじいさんの、そのまたじいさんのころからうちにいて、家を守ってくださっているんだよ」

「ふうん。うちにも、そういう神様がいてくれたらよかったのに」

お近がつぶやく。

「まったくですよ。徳兵衛さんが、これだけのんきに好き勝手をして、なに不自由なく、家族仲良く暮らしていられるんだから、すごい神様なんですよ」

惣衛門が笑いながら言う。

「ほんとうに、その通り」

お蔦もうなずく。

「なんだ、みんな信じていないんだな。俺は見たことがあるんだよ。子供のころ。ちっちゃい神様が蔵の中にいる姿をさ」

徳兵衛がそう言ったとき、すぐ後ろに座っていたやせた男がぐるりと顔を向けた。

「今のその話、もう少し詳しく聞かせてもらえないでしょうかねぇ。小さいというのは、どのくらいの大きさなんでしょうか。手にのるくらい？　それとも、猫ぐらいとか」

初めて見る顔だった。どうやらひとりで来ていたらしい。年のころは五十も半ば。鬢のあたりに白いものが混じり、海老茶の着物を着ている。やせて少し気難しそうな感じがした。

「えっと、お宅さんは……」

「失礼をいたしました。私は各地の不思議な話を集めている者です。名前は加茂吉胤と申します」

「学者さんなんですか？」

お高がたずねた。

「好事家と言ったほうがいいでしょうな。学問というほどのものではありませんから。しかし、集めはじめてかれこれ二十年。聞いた話は千を超えるでしょう」

「ほう、それはすごい」

惣衛門がうなった。

「それで、その、蔵の守り神様のことですが、お姿はどのようなものですか」

加茂は矢立と紙を取り出した。不思議な話を集めている好事家にたずねられて、徳兵衛は得意そうな顔で話しはじめた。

「まぁ、めったなことでは姿を現さないんだけどね、うちの蔵の神様はね、男の子の姿をしているんだよ。背は二尺（約六十センチ）くらい。筒袖の着物を着てね、髪は前髪を垂らしている。足は裸足だ。このあたりでは、あまり見かけない姿だね」

「ほう、ほう。つまり、そうすると、その、田舎の子供の姿というわけですかね。あなた様がその子を見たのは、いつ、どこでですか」

「最初に見たのは五つだったね。蔵の中で遊んじゃいけないと言われていたんだけど、かくれんぼをして入ったんだよ。そうしたら、奥の方に明かり取りの光があたって明るい場所があるんだ。そこに、その男の子がいた。見たことない子だったからね、おやって思った。外で呼ぶ声がしたら、その子は、どこかに消えてしまった。そのとき、俺は荷物の陰に隠れたと思ったんだけどね」

「なあるほど」

「おふくろに言ったら、それは蔵の神様だ。この家を守ってくださっているんだから、失礼がないようにしなくちゃいけないって言われた。その子がいた場所は、おふくろがいつも掃除をして、水をあげているんだ。枝豆もそこに供えるね」

「ほう、まったく興味深い話だ。その神様の姿は、ほかの方もごらんになっているんですか？」

加茂はたずねた。

「俺のほかには息子も見ている。昔からいる番頭も、小僧のころに見たって言ってたな。

子供の神様だから、子供の前に現れるんだ」

「徳兵衛さんは子供のようなところがあるから、それで見えるんじゃないんですか」

お栄がなにげなく意地悪なことを言う。

「あはは、そうだねぇ。無邪気っていうか、はた迷惑っていうか」

お蔦も言いにくいことをすらりと口にするが、徳兵衛は気がつかない。

「一度、うちの蔵にいらしてくださいよ。もっと、いろいろお話をさせていただきますから」

「いや、そう言っていただけると、ありがたい。百聞は一見に如かずと昔から言いますからね、実際に見てみるとなるほどと思うことも多いのですよ」

加茂はうなずき、訪問の約束が交わされた。

二

店を閉めて片づけをしていると、八百屋の七蔵が明日の注文を取りに来た。かごの中のひと枝のだだちゃ豆を見て声をあげた。

「あれぇ、それは茶豆だろ。どこから買ったんだ?」

「買ったんじゃないわよ。店に来るお客さんが持ってきてくれたの。家で育てているのよ」

　お高は答えた。

「その人はどっかに畑を持っているのか？」

「ううん、日本橋の家の裏。酒屋の初代が庄内の生まれで、江戸に来るとき一緒に茶豆も持ってきたんですって」

「そうかぁ。そういう枝豆じゃぁ、分けてもらうわけにはいかねぇか。残念だなぁ。好きだって人がいるんだよ」

「だだちゃ豆ってのは、そんなに有名な豆なのかい」

　お栄が言った。

「そうだよ。枝豆の中でもぴかいちだ。だけど、枝豆は新しいのがおいしいから遠くからは運んでこられない。それに、土地が変わると味も変わっちまう」

「これは、その店のひいじいさんやじいさんが苦労したから、庄内のと同じ味なんだってさ」

　お近が自慢げな顔になる。

「ますます残念だなぁ。そんなだだちゃ豆なら、買えばふつうの枝豆の五倍、いや、十倍はするよ。せいぜい大事に味わって食べてくださいな」

「ひゃぁ、そりゃぁ、大変だ。そんなこと知らないから、お客にただで食べさせちまったよ」

お栄は大げさに驚いて見せた。

「もう、おすそ分けなんだから、お金をとるわけにはいかないでしょ」

お高はたしなめた。

七蔵が帰ったあと、お高はだだちゃ豆の枝を三つに切り分けた。お栄とお近に持って帰ってもらうつもりだった。

「うれしいけど、あたしはふつうの枝豆でいいですよ」

お栄が遠慮する。

「あら、どうして？」

「さっきも少しいただいたし……。それより、作太郎さんに持って行ったほうがいいんじゃないですか」

「ううん、そうねぇ」

「しばらく作太郎さんの顔を見てないでしょ。お元気なんですか？」

「……と、思うけど」

お高は口をにごした。

朝海春歌に会いたいと女たちが家のまわりにうろうろしているので、お高は近づくのを控えていた。作太郎も家から出られないらしく、あれ以来丸九にも顔を出さない。

「もへじは毎日、出歩いているよ。双鷗（そうお）先生のところに行ったり、お客さんに呼ばれたり、忙しいらしい」

お近が言う。

面倒を作太郎に押しつけて、もへじは気楽に過ごせているというわけか。

「それにさ、もへじは今、すごい金持ちなんだよ。朝海の絵が評判になってから、あっちのお大尽（だいじん）、こっちのお武家様から絵を描いてほしいって頼まれている。似たような美人画をさらさらって描けばいいから、すごい楽なんだってさ」

「あんたもお相伴（しょうばん）にあずかっているわけか」

「一度、なんかすごく高そうな店に連れて行ってもらった。すごくおいしかったけど、なんか緊張しちゃうんだよね。やっぱり、いつもの居酒屋がいい」

お近は屈託（くったく）のない様子で言う。

同じ絵描き仲間だったのに、ひとりはもてはやされ、もうひとりはまだ一冊も出せないでいるのか。しかも、もてはやされる役は自分にふりかかっている。作太郎は気位の高い男だ。そういう状況を苦しく思っているのではあるまいか。

お高は暗澹（あんたん）とした気持ちになった。

「もへじは作太郎さんに、金のことは心配しなくてもいい。迷惑もかけているんだから食べる物やなんだの、暮らしにかかる金は全部自分が出すって言っているのに、作太郎さんは律儀に今まで通りきっちりお金をくれるんだって」

「あの人は、金は俺が出すからって言われて、はい、そうですかって答える人じゃないよ」

お高が思っていることを、お栄が代わりに言う。

「そうかなぁ。昔っからの友達なんだから甘えられるときは甘えればいいのに。ねぇ、お高さん、あたしはただちゃ豆、もらっていってもいい？ おっかさんに食べさせたいんだ」

「もちろんよ」

お高が包むと、お近はそれを大事そうに抱えて出ていった。

お近の姿が消えると、お栄が遠慮がちにお高にたずねた。

「絵のことはよく分からないですけどね、絵描き同士が一緒に住むっていうのはどうなんでしょうねぇ。難しいんじゃないないですか」

「でも、それができると思ったから、作太郎さんはもへじさんのところに行ったんでしょ」

そう言ったお高の目に、棚の茶碗が映った。

作太郎がお高に贈った飯茶碗だ。雪を思わせる清潔な白で、早春の空のような薄青い色をしている。ほどよい厚みがあるが、同時に土物のもろさも感じさせる。その飯茶碗は、作太郎という人を表しているようにも思えた。

物知りで話が面白くて食通で、飄々（ひょうひょう）としている一方で、気難しく、容易に他人に心のうちを見せない。

それは、幼いころ生母と離され、義理の家族の中で育てられたからだろうか。

絵描きという生業（なりわい）がそうさせたのだろうか。

早くに画才を認められ、双鷗画塾で学ぶ。そこでもへじ、亡くなった森三（もりぞう）と出会った。

三人は腕を競い合うよき仲間で、森三が命を削るようにして涅槃図（ねはんず）に取り組むと、作太郎ともへじも力を貸した。

森三は涅槃図を完成し、亡くなった。料亭英（はなぶさ）の跡取りであり、おりょうという許嫁（いいなずけ）のいた作太郎は絵と現実の暮らしの間に引き裂かれ、絵からも離れてしまった。

英を閉じた今、絵を描くことで暮らしを立てようとしているが、絵といっても黄表紙（きびょうし）の挿絵（さしえ）だ。

本当はもっと、別の絵を描きたいのではあるまいか。

腰を据えて、これが自分だと言えるようなものを描くつもりだったのかもしれない。

思うところのあった英だったが、失ってみて、自分がどれだけ助けられていたのか気づいたのではあるまいか。

さまざまな思いが浮かんで消えた。

「そうね。だだちゃ豆を持って行ってみようかしら」

お高が言うと、お栄もうなずいた。

「そうですよ。それがいいですよ」

もへじと作太郎の住まいをたずねると、以前は家の周りに三々五々集まっていた娘たちの姿が消えている。

門を入って玄関で訪(おとな)うと作太郎が出て来た。

「なんだか静かでびっくりしました。家の周りにいた女の人たちはどこに行ったんですか？」

「ああ、あの人たちですか。私も困って萬右衛門に相談したんですよ。そうしたら、あの人は朝海先生とは違う、朝海先生は別の人だって噂(うわさ)を流してくれて。それで、今、みんな別の絵描きを追いかけていますよ。そいつは若くて見かけがよくて、愛想もいい。それに女の人に囲まれるのも嫌いじゃないらしい」

「よかったですねって、言っていいんでしょうか」

「もちろんですよ。朝からずっと絵を描いていて、ひと息入れようと思っていたんだ。どうぞ、上がってください」

作太郎は先に立って案内する。

「今日はもへじさんはお出かけですか？」

「ああ、あっちこっちからお声がかかって、このごろとても忙しいんだ」

少しそっけない言い方をする。

作太郎の部屋に行くと、文机や畳の上に、下絵のようなものがたくさん散らばっている。

「これは、足、ですか？」

「そうですよ。足洗い屋敷の話を描いているんです」

以前聞いたときは栗と芋の話ではなかったのか。

「どうやら物語を考えるのは私には向かないようだから、絵を描くほうだけにしてもらった。今、描いているのは『大江戸七不思議』。足洗い屋敷の話は知っていますか。本所三笠町の旗本屋敷で起こったことだそうですよ」

その旗本屋敷では毎晩、天井から大きな、汚れた足が降りてくる。きれいに洗ってやると足は消えるが、断ると、どんどんと大きな音をさせながら暴れるのだそうだ。

「その旗本の同輩に、腕に自慢の男がいた。その男が屋敷に移り住み、部屋に座ってひと晩じゅう天井をにらんでいたところ、足は二度と現れなくなったそうです」

「なぜ、足なんですか？」

「そこが不思議なんだな。なぜ、突然足が現れたのか、足を洗うことに何の意味があるのか、説明はひとつもない。そこが不思議で面白い」

作太郎は晴れやかな笑みを浮かべた。

「半日かかって描いたのがこれだ。どう思いますか？」

天井を蹴破って、毛むくじゃらの巨大な足がにゅっと突き出ている。見上げる男たちは刀に手をかけ、部屋の隅に固まった女たちは怯えている。

「ほら、背を向けて震えているのが当主の旗本ですよ」

「まぁ、なんだか、かわいらしい旗本様ですねぇ」

お高は声をあげて笑った。

「気に入りましたか。お高さんにそう言ってもらえたら安心だ。だけど、困っているのはこっちなんだ」

綴じた紙を見せた。表に天狗にさらわれた少年の話と書いてある。

深川の小間物屋で働いていた十歳の小僧が、春の日、銭湯に行くといってひとりで出ていったまま戻らない。

夜遅く、裏口にすげ笠、合羽、手甲脚絆の旅姿の小僧がぼんやりとたたずんでいるのを女中が見つけた。

――十二月十三日のすす払いの日に山に行き、今までお山でお坊様の食事のお世話をしていました。昨日、ご住職に呼ばれて『明日、江戸に返してやろう』と言われ、土産にこの山芋をいただきました。今まで、留守にして申し訳ありません。

そう言って小僧は手にした山芋を差し出した。

小僧の言葉が本当なら、誰か別の者が店で働いていたことになる。小僧の言うお山とはどこのことか、今まで店にいたのは誰なのか、不思議なことだとみんなで語り合った。

「面白い話ですねぇ。この小僧さんは、どこに行っていたんでしょうねぇ」

「昔から、違うところに行っていたという話は多いそうですよ。しかし、話は面白いんだけど、絵に描くと地味なんだ」

作太郎は、旅姿の小僧が裏口にぼんやりと立っている絵を見せた。

「そうですねぇ。これでは叱られているみたい。……そうだわ。山のお寺でお坊さんたちのお世話をしているところはどうですか？」

「ああ、そうか、そうだなぁ。給仕をしているところか」

作太郎は筆をとると、半紙にさらさらと描きはじめた。

簡単に丸と四角で輪郭をとっているだけだが、膳を前に人が座っているように見える。

そこに小さな男の子がひとり、給仕をしている。

「壁には大きな天狗面……、お坊さんも怪しい感じがあるといいかな」

ちょんちょんと目鼻をつける。

お高はその様子を感心してながめていた。こんなふうに作太郎が絵を描くところを見るのは初めてだ。

「さすがに上手ですねぇ。ちゃんと悪いお坊さんに見えますよ」

「いやいや、これをほめられても困るなぁ。落書きのようなものだから」

「そんなこと、ありません。さすがです」

お高は感心して言った。素直な気持ちだったが、作太郎は少し困った顔になった。

「これをほめられてもなぁ」

少し気まずくなった。お高は作太郎の気を引き立てるように言った。

「そうだわ。忘れていました。徳兵衛さんからだだちゃ豆をいただいたんです。とてもおいしいので、持ってきました。台所を使わせていただいていいですか？」

「もちろん。なんでも使ってください」

台所に行って七輪に火をつけ、湯を沸かした。

男ふたりの暮らしにしては、鍋釜もそろっている。水屋簞笥には作太郎の焼いた皿だけでなく、英から持ってきたらしい上等の器が入っている。

「さすがにいい器ばかりですねぇ」

「毎日のことだから気に入ったものを使いたいでしょう。もへじが洗うと欠いたり、割ったりするから、洗い物は私の役だ。包丁は研ぎに出して、鍋も買い替えて朝晩料理をしている」

「それで最近、丸九にいらしてくださらなかったんですね」

「そう言われると困るな」

西日に照らされた作太郎の顔はずいぶんと疲れて見えた。

湯が沸くのを待ちながらふたりでしゃべっていると玄関で訪う声がして、作太郎が出ていった。

「おや、加茂先生。申し訳ない、わざわざ、こちらまで」

「いや、その後、いかがですかな。進捗（しんちょく）具合をうかがいたいと思いましてね」

どうやら作太郎の作画は、先ほど丸九に来ていた加茂吉胤の物語に付けるらしい。

お高が茶を用意して持って行くと、ふたりは足洗い屋敷の絵をながめていた。

「いかがでしょうか」

「ほうほう、なるほど、楽しいですな。ところで、この後ろを向いている人は誰ですかな」

「旗本のつもりなんですが」

「ううん。それは少し困ったなぁ。というのも、あの話は本所三笠町の旗本屋敷で実際に起こったこととなっているんですよ。ご本人がごらんになったら文句が出る」

「なるほど……」

「描き直していただけますかねぇ。ここのところをちょちょっと。なに、紙を貼って上から描けばいいじゃないですか。ご家来衆か、女中さんの誰かに」

「はぁ」

作太郎は渋い顔になった。作太郎のことだ、最初から描き直すに違いない。

加茂は部屋の中をぐるりと見回した。書き損じの紙がまだあちこちに散らばっている。

「萬右衛門さんからうかがいましたが、双鴎画塾で学ばれたとか。それも相当に優秀な方だったそうですなぁ」

「いやいや、そういうことではありませんが」

「そういう方が、黄表紙をなさるというのだから、まぁ、それなりのご事情があるとは思いますけれどもね……。あまり難しくお考えにならないほうがいいと思いますよ。画料が安いですからね、ともかく早く仕上げて数をこなす。それしかないんですよ。そんな、下書きだの、書き直しだのしていたら、紙代だの絵具代だので足が出る」

ははと笑った。気難しそうなまなざしがそのときだけ、少しやわらかくなった。

「それは萬右衛門さんからも言われたんですけれどもね」

「そうでしょう。まぁ、こんなもの……と、あなた様の前で言ったら申し訳ないけれど、一時(いっとき)の暇つぶし。読んだ端から忘れてもらっていいんですよ。で、また、貸本屋で面白そうだと借りてもらう。半分くらい読んで、どっかで聞いた話だぞ、ああ、そうだ、この前借りたのはこの本だったと思い出す。そんな程度でいいんですよ。また、それでなくては困る」

「そういうものですかねぇ」

　同意できかねるという顔で作太郎は答えた。

「私なぞもね、本当はきちんとした歴史物を書きたいのですよ。開闢以来のわが国の歴史をまとめたい。いや、すでに相当なところまで書き進めていましてね、柳行李に入っている。しかし、そんなものは売れない、読む人はない、出版する版元がないと言われましてね。こうして、七不思議だのなんだのを書きながら機が熟するのを待っている」

　そう言ってお高がすすめた茶に手をのばし、ふとお高の顔をながめた。

「ああ、どこかで見た顔だと思ったら、あのめし屋の女中さんでしたか。こちらでも、お手伝いをなさっているんですか？」

「この人は女中さんではなくて、丸九という一膳めし屋のおかみですよ。たまたま、今、たずねて来てくれたんです」

　作太郎があわてて訂正をした。

「ほう、ほう。そうでしたか。今日、たまたまあちらにお邪魔いたしました。飯がうまかった。それ以上にうれしかったのは、面白い話を聞けたことですよ。商家の蔵に子供の姿の守り神がいるそうです。その神様に供えるために、わざわざ家の裏に畑をつくってだだちゃ豆を育てている」

「徳兵衛さんの話ですよ。今日、持ってきたただちゃ豆はそのおすそ分けです。今、お持ちしますね」

「そうか、それで話がつながった」

ゆであがった枝豆を前にして、やっと少し作太郎に笑みがもどった。

「これはうまい。蔵の神様が喜ぶはずだ」

「おかげでいい話を聞きましたよ。子供の神様でだだちゃ豆が好きというのは、なんだかかわいらしい。最後にはこういうほっとする話もいいなと思っているんですよ」

「じゃぁ、今回のご本に、この話を加えるおつもりですか」

「そのつもりです」

「聞いたら徳兵衛さんが喜びます」

器に盛っただだちゃ豆はみるみる減って、さやの山ができた。

お高が新しい茶をいれた。

「私は不思議な話、奇妙な話をたくさん集めて本にしている。だから、霊とかそういうものが見えるのではないかという人がいるが、私自身は見たことはない。信じてもいない。あれはみんな気の迷い、幻……、あるいは、まぁ、幽霊話にしないと困るような事情がある」

「つくり話ということですか」

お高が聞き返した。

「怖い怖いと思っているから、天井板が人の顔に見えてくる。昔から言うでしょう。『幽霊の正体見たり枯れ尾花』。酔っぱらって道端で寝てしまったのを、狐にばかされたなんて言い訳に使う人もいる。足洗い屋敷なんざ、旗本家の話でしょう。怪しいなぁ。これは、絶対になにか、からくりがある。隠したいこと、目をそらしたいことがあるんだ」

「でも、何人もの人が天井から足が降りてきたのを見たのではないですか」

「そりゃぁ、そういうふうに絵に描いてあるから、そう思うだけですよ。私だって、話を面白くしたいから、ご家来衆や女中たちが大騒ぎしたというふうに書く。実際に足を見たり、主の声を聞いた人はいるのかな？　なんといっても、一番怖いのは人ですから。そう思いませんか？」

加茂は自分の言葉にうなずく。

「なるほどなぁ。しかし、子供はよく不思議なものを見るというではありませんか。私も子供のころ、見えないはずのものを見たような気がする」

「子供さんはね、世の中のことが分かっていないから夢と現を区別するのが苦手だ。半分夢の中に住んでいるといってもいいくらいだ」

「ああ、そうかもしれないな。私の場合は母と早く別れたのでね、恋しくて心の中でいつも話しかけていた。それで夢見がちになったんだ」

作太郎は遠くを見る目になった。

夏の宵がようやく訪れて明かりが恋しい時刻になった。

「どうですか、お時間があれば酒でもひとつ」

作太郎がすすめた。

「かまいませんよ。お邪魔でなければよいのですが。しかし、絵が描ける人はうらやましい。言葉で伝えられないことがたくさんあるから」

作太郎と加茂は近くの居酒屋に出かけていった。

三

昼を過ぎたころ、いつものように惣衛門やお蔦とやって来た徳兵衛が、ちょい、ちょいとお高に手招きをする。

「ほら、この前、ここで話をした加茂さんって物書きの人な、うちに来たんだよ。こんど蔵を見せてくれって。新しい本にうちの蔵のことを書いてくれるんだってさ」

「あら、そうなんですか。それはよかったですねぇ」

初めて聞いた話のようにお高は応じる。

「そうだよ。俺もうれしくなっちゃってさ。せっかく来てもらうんだ。いいものをお見せしなくちゃと思っているんだ」

「でも、神様はめったなことでは姿を現さないんでしょ」

「だから、特別にお願いをしてさ。加茂さんは今日が都合がいいって言うから、来てもらうことにしたんだ。お高ちゃんたちもおいでよ。神様を見せてやるから」

「へぇ、神様を」

お近が話に割り込んだ。

「いいよ、いいよ。特別だ」

徳兵衛は満面の笑みである。また、なにか妙なことを思いついたのではあるまいか。ちらりと惣衛門とお蔦の顔を見る。

ふたりは少し困った顔をしていた。


夕方、仕事を終えたお高、お栄、お近の三人は徳兵衛の屋敷に向かった。

「まぁ、みなさん、おそろいで。もう、みなさんいらしていますよ」

徳兵衛の女房のお清が迎えてくれた。

店の脇の小道を抜けて裏庭に行くと、枝豆や瓜を育てる小さな畑があり、その向こうに白壁の蔵があった。土地の狭い日本橋で猫の額ほどとはいえ、畑があるのは贅沢なことである。しかも、青々と葉が茂り、よく手入れをされていることが分かる。

「ああ、お高ちゃん、よく来てくれたねぇ。待っていたよ」

いる。

　徳兵衛がうれしそうに手招きをした。脇にはすでに加茂と作太郎、惣衛門とお蔦が来て
「今日はみなさん、わざわざお集まりいただきまして、ありがとうございます。ぜひ、わが家の蔵をごらんになっていただければと思います」

　みんながそろったところで、徳兵衛が改めて挨拶をし、おもむろに蔵の戸に手をかけた。

「この蔵はわしのじいさんが建てたものなんですよ。庄内から出て来たひいじいさんは深川の長屋住まいで天秤棒をかついで酒を売っていた。それから金を貯めて深川で小さな店を出し、だんだん大きくなって、じいさんの代になって日本橋に来た。ようやっと蔵を建てることができた。それで、それまで家の中でお祀りしていた神様をこの蔵にお移ししたわけですよ」

「ほう、ほう。そういう経緯がありますか」

　加茂はうなずき、作太郎は矢立を取り出し、さっそく描きはじめる。惣衛門たちも妙に神妙な顔で蔵をながめていた。

「この中に、お宝がしまわれているの？　大きな蔵だね」

　お近は蔵を見上げた。

「いやいや、お宝というほどのものはないけれどね、じいさんが集めた医学書なんかもあるね」

その医学書を読んで、徳兵衛はただの腰痛を死病だと言いだして大騒ぎになった。

「わさびを食べても辛いと思わなくなる薬の作り方も書いてあるんでしょ」

お栄がよけいなことを言う。

「そう、よく覚えていてくれたね。俺はその薬のおかげでわさびの大食い大会でいいところまで行ったんだ」

みごと競争相手に勝ち、だが戸板にのせられて戻ってきた。

困ったものだと言うように、惣衛門が小さなため息をついた。

「ああ、それで、よろしければ、そろそろ中を見せていただけないでしょうかね」

加茂は待ちきれないという様子で言った。

「おお、失礼をいたしました。はい。では、開けますよ。どうぞ、ごゆっくりごらんください」

徳兵衛がゆっくりと蔵の戸を開けた。

高いところに明かり取りの窓があるが、中は薄暗く、両脇の棚に荷物がぎっしりとしまわれているのが分かった。目が慣れてくると、奥の方に小さな白木の神棚が見えた。鏡に灯籠(とうろう)、三方(さんぽう)にはゆでた茶豆が山盛りである。

徳兵衛はしずしずと進み、神棚の前に立った。

「では、みなさんもご一緒にお願いをいたします」

おごそかな声で言う。お高たちも徳兵衛の後ろに並んだ。

「もちろんご存じでしょうが、ご挨拶は二拝、二拍手、一拝が基本です。よろしいかな」

姿勢を正し、ゆっくりと礼をする。

お高たちも続く。

徳兵衛は姿勢を正し、二度柏手(かしわで)を打った。その後、口の中で何やらぶつぶつと唱えている。突然、妙な節をつけて叫んだ。

「かぁしこみぃ、かぁしこみぃ、も、も、もまおっすぅ」

お高は思わずあたりを見回した。みんなも何がはじまるのかと顔を見合わせている。

「え、なに、あれ」

お近が叫んだ。

暗い壁の一点に薄青い光がちかちかと揺れている。

「ううむ」

惣衛門がうなる。

ぴかり、ぴかり。

薄青い光は消えたと思うと、また現れる。

「人魂(ひとだま)ってことは、ないですよねぇ」

お栄がつぶやく。

「それは違うと思うけど」

お高は答えた。

作太郎は壁を見つめ、筆を手にしたまま動かない。お蔦は目を閉じ、惣衛門は壁をにらんでいる。

「よぉのためぇぇぇ、ひぃとぉのためぇぇぇにぃ、つっくっさしめぇぇぇぇ」

徳兵衛が金切り声をあげて、祝詞らしきものをあげている。

「分かりましたから、もう、いいですよ。結構です。なんですか、これは。子供だましの茶番じゃないですか。どっかにろうそくか、灯籠を隠しているんでしょ」

加茂が呆れたような声をあげた。

「え、灯籠なの？」

お近が頭のてっぺんから声を出した。

「おかしいと思ったよ」

お栄がつぶやく。

「徳兵衛さん、あなた、いったい、なにをしようとしていたんですか」

惣衛門が呆れた顔になる。

「ううん、だからさぁ、先生に神様を見せてさしあげようと思ってさ。だって、そうだろう。うちの蔵の神様のことを書いてくれるんだよ。せっかくなんだ、いい話にしてもらいたいじゃないか」

子供のように口をとがらせた。

その言葉にみんな口をつぐんだ。そうだ、徳兵衛はそういう人だった。いつも勝手にとんでもない方向に向かってしまうのだ。

こほん。加茂が小さな咳をした。

「せっかくのお心遣いですがね、私には神様とか幽霊とか狐とかたぬきとか、そういうたぐいのものが見えないんですよ。ほかの人に見えても、私だけは見えない。性分なんでしょうねぇ。まぁ、そんなわけですから、わざわざ見せていただこうとしなくてもよかったんです」

それにしても、神様を狐やたぬきと一緒にするのはいかがなものか。お高はちらりと加茂を見た。

「はぁ、そうですか。もともと見えないんですか。そうかぁ、それじゃぁ、しょうがねぇなぁ」

徳兵衛は肩を落とした。のろのろと歩いて蔵の戸を開けた。まぶしいような明るい光が差し込んできた。

「それで、蔵の神様はいつもどんなふうにお祀りしているんですか」

加茂が気を取り直したようにたずねた。

「ああ、いや、まぁ、本当にお祀りしているのは、こっちのほうなんですけどね」

奥の棚の陰に目立たない、古い神棚があった。不思議な形の文字が書かれた札(ふだ)が貼ってある。ここにも枝豆が供えられていた。

「なんて書いてあるんですか」

作太郎がたずねた。

「さあねぇ。ひいじいさんのころからあるんだって聞いたんだけどね」

加茂は近づいて深々と一礼し、じっくりとながめた。そして、静かな声で徳兵衛に語りかけた。

「立派ないい神棚じゃぁ、ありませんか。こうして升屋(ますや)さんが栄えているのは、みなさんがご先祖を敬(うやま)って、日々を大切に生きているからだと思いますよ。もう、これを見せていただきましたから、十分です。ありがとうございます」

徳兵衛の顔がぱっと輝いた。

「そう？　あんたもそう思ってくれる。やあ、よかった、よかった」

一同はほっとひと安心し、ぞろぞろと蔵を出た。棚の後ろに人の気配があったから、そこに仕掛けがあったのだろう。

そのとき、一瞬強い風が吹き、木の葉が鳴った。

お高の目に塀の脇の桐(きり)の木の陰を小さな子供がとことこと歩いているのが見えた。藍色(あいいろ)

の筒袖(つつそで)で、足元はわらぞうり、前髪を切った五、六歳くらいの男の子だ。

「あれ、徳兵衛さん、あそこ」

お高が指さした。

「なに？　なにか見えた？」

お近がたずねた。

「いえ、ちょっと」

お高は言葉をにごす。

「いや。私には見えなかった」と作太郎。

「あたしも」とお近。

「あたしもですよ」とお栄。惣衛門とお蔦も首を横にふる。

徳兵衛だけが目を見開き、体を固くして桐の木の根元を見つめていた。

その晩遅く、お高がそろそろ休もうかという時刻に、裏の戸をそっとたたく者がいた。

開けると、徳兵衛だった。

「お高ちゃんも、あれを見たよね。今日、みんなで蔵から出たときにさ、木のところ」

神妙な顔でたずねた。

「もしかして、木の陰を歩いていた……」

「うん、うん」

徳兵衛は次の言葉を待っている。

「私が見たのは……小さな男の子でした」

「そうだよね。ちっちゃな男の子だったよね。俺が子供のころ見たのと、同じ姿だった。そうか、お高ちゃんもあれを見たのか……。ね、どう思う？」

「どうと言われても……」

答えようがない。しかし、徳兵衛は真剣な顔でお高を見つめている。

「まさか、出ていっちまったわけじゃないよね。神様がいなくなったら困るんだよ。蔵の神様だからさ。俺たちをずっと守ってくださっていたんだよ」

お高は困って徳兵衛を招じ入れ、急須に残っていた茶をすすめた。

「とりあえず、ちょっと落ち着きましょう」

徳兵衛はひと口飲んで顔をしかめた。

「渋いなぁ」

「すみません。出涸らしで」

お高もその渋い茶を飲んだ。そして、しばらくふたりで黙っていた。

「蔵の神様はさ、きっと怒っているよね。俺がさ、あんな……ふざけた真似をしたから」

「どうでしょうねぇ。たくさん人が来て騒がしかったから、しばらく外に出ていようと思ったんじゃないですか？」

「じゃぁ、また、戻ってくれただろうか」

「そうですねぇ」

神様の気持ちは分からない。

「じいさんから聞いた昔話にあるんだよ。ある古い家に子供の神様が住んでいたんだ。だけど、その家の人たちは神様を大事にしなかった。ある日、その家の子供が奥の座敷で遊んでいたら、見知らぬ子供が現れて『さようなら、別の家に行くね』って縁側から外に出ていってしまった。それから、その家はだんだんさびれて、今はもうないんだってさ」

お高は徳兵衛の顔をしげしげとながめた。これは升屋の命運がかかっている重大事なのだ。なんとしても神様を引きとめなくてはならない……。

「分かりました。神様の喜ぶことをすればいいんです。だだちゃ豆はまだありますか？」

「あるよ、ある。畑に何株か残っている」

「じゃぁ、それで……ずんだ餅（もち）をつくりましょう」

「なんだよ、それ」

「奥州（おうしゅう）の方にあるんですよ。枝豆をゆでてつぶして砂糖を混ぜて、餅にからめる」

「いいかもしれない」

「それなら、私はずんだの用意をします。餅は……どうします？」

「搗くよ。もちろんだよ。正月みたいに、にぎやかに搗く。子供の神様なんだ、そういうの、喜ぶよ」

子供の姿をしているが、気持ちも子供とは限らない。酒好きの辛党だったらどうするのだ。しかし、そんなことを言っていてもはじまらない。お高は翌日の午後、ずんだ餅をつくる約束をした。

翌日、仕事を終えて、お高とお栄、お近は徳兵衛のところに行った。

前日と同じようにお清が迎えてくれた。

「昨日も、今日も、ありがとうございます。なんですか、急に餅を搗くなんて言いだして、昨夜から大騒ぎなんですよ」

蔵の前に行くと、店の若い者が臼や杵を用意している。

「いやぁ、お高ちゃん、ありがとうね」

徳兵衛が笑顔でやって来た。

「おかみさんには今日のことを伝えたんですか」

「お清に言えるわけねぇよ。そんなことがばれたら大変だよ。蔵の神様のお祭りの日だって言ってあるからさ」

そんな言い訳が通るのか。賢いお清のことだ。なにか察しているに違いない。

台所に行くと、もち米を蒸す蒸籠が盛大に白い湯気をあげている。その脇でお高とお栄、お近の三人でだだちゃ豆をゆでた。茶色いさやの中は鮮やかな緑色の豆だ。薄皮をむいて特大のすり鉢でする。あたりに濃厚な豆の香りが広がった。

そのころ、作太郎、惣衛門とお蔦が次々とやって来た。さすがに、加茂はいない。

「徳兵衛さんにぜひ来てほしいって言われたけど、なにか聞いてますか？」

作太郎がたずねた。

「昨日の今日だからねぇ」

お蔦も首を傾げた。

「いやぁ、続けて悪いねぇ。うっかりしていたんだけど、よくよく調べたら、蔵の神様のお祭りが今日だったんだよ」

徳兵衛は明るい声で言う。

そのとき、母屋から湯気をあげたおこわが運ばれ、餅つきがはじまった。

最初は若い者が搗き、作太郎や惣衛門が加わり、徳兵衛に代わる。お清に息子夫婦もやって来た。女たちは餅を丸め、ずんだをからめる。お清が納豆や大根おろしを用意してくれていたので、納豆餅やからみ餅もつくる。

重箱には煮物や卵焼きがはいっていて、酒も用意されていた。

「ああ、これは大宴会ですなぁ」

惣衛門が感心する。

蔵の神様が辛党だったらというお高の心配は杞憂に終わった。

ずんだ餅や煮物、酒を蔵に供える。徳兵衛がおごそかな顔つきでなにやら祈る。前の日のように妙な祝詞を大声で唱えるのではなく、口の中でなにかつぶやいている。

昨日の無礼をわび、今後も守ってくださいとお願いしているのだろう。

それからみんなで、ごちそうを食べた。

昨日の困り顔はどこへやら。徳兵衛はみんなに酒をすすめ、すすめられ、顔を赤く染めている。

「お高ちゃーん、ちゃんと食べているかぁ」

のんきな調子で声をかけてきた。

お清も来て、お高にも酒をすすめた。

「そういえばね、さっき、小さな男の子が混じっていたんですよ。あらっと思ったけど……、どこに行ったのかしら」

徳兵衛に聞こえるようにお清が言う。一瞬、徳兵衛が真顔になる。

「喜んでいるようでしたか」

お高がたずねた。

「ええ、もちろん。ずんだ餅をおいしそうに食べていましたよ」

「あは、あははは。ああ、そうかい。へへへ」

お清の言葉に徳兵衛の口元がゆるむ。ほっと安心したように、大きなため息をついた。

この日、お高には子供の姿は見えなかった。お清には見えたのだろうか。たぶん、見なかっただろう。加茂と同じく、一番怖いのは人だと考えるほうだ。きっと賢いお清は、なぜ徳兵衛が突然、蔵の神様の祭りをすると言いだしたのか察した。そして、今、一番必要なひと言を告げたのだ。

二日ほどした昼、作太郎がふらりとひとりで丸九にやって来た。店の一番奥の席につく。膳を運んできたお高に言った。

「例の『大江戸七不思議』の挿絵、描き終わりましたよ。さっき、萬右衛門さんのところに届けてきた」

「蔵の子供の神様の話はどんな絵なんですか？」

「もちろん宴会ですよ。餅を搗いてみんなでごちそうを食べていると、子供の神様も混じっているんだ。たしかにいるんだけど、誰も気づかない。楽しい絵だ」

「作太郎さんも見たんですか？」

意外な気がして、お高はたずねた。

「何を？」

「蔵の神様」

「いやいや、私は何も見ませんでした。誰か見た人がいるんですか」

「だって絵に描いたんでしょ」

「そうだったら面白いなと思っただけですよ。やっぱり、お高さんはまじめだなぁ。ひとつ忠告しておきます。絵描きはみんな嘘（うそ）つきです」

「あら」

「もちろん、私もそのひとりだ。それにしてもうまい魚だ」

そう言って、作太郎はかれいの煮つけに目を細めた。

第五話　とこぶしの見栄、鮑の意地

一

「わ、なに、これ、貝？　動いているよ」

魚屋が持ってきた木桶をのぞきこんだお近が大きな声をあげた。桶にはとこぶしが五十個ほど入っている。

「とこぶしよ。今日は夜も店を開けるから、酒の肴にいいでしょ」

お高が言った。

「なんか気持ち悪い。あたしは、いいや」

お近は顔をしかめた。

「また、あんたはそんなことを言って。食べるとうまいんだよ」

お栄が嗤う。

とこぶしはあわびによく似た貝だ。あわびは貝の穴が四、五個だが、とこぶしはもう少し多くて、六、八個。育っても二寸（約六センチ）ほどにしかならない。身の厚い大ぶりの立派なあわびは高値で取引されるが、とこぶしはぐっと安価。丸九の夜の膳に出せるぐらいの値だ。

魚屋の説明によると、西の方では『ナガレコ（流れ子）』と呼ぶところもあるそうだ。岩の表面を流れるように這うからだという。足もないのに、どうやってそんなに速く動くのだろう。

そんなことを思いながら、お高は沸騰する大鍋に殻付きのとこぶしを入れた。鍋の中で薄黄色の身をよじらせ、ギュルギュルというような音をたてた。

「ああ、断末魔の叫びだ」

どこで覚えたのか、お近が難しい言葉を口にする。お高も一瞬、胸が痛む。

「貝が鳴くわけないだろ。煮えるときの音だよ」

お栄はあっさりとしたものだ。

ひと呼吸する間に、鍋の表面に白いあくが広がった。とこぶしをざるにあけて指で押す。やわらかな弾力が伝わってきた。

いい品だ。

あとはかつおだしに醤油とみりんでさっと煮る。お客が来るころにはほどよく味がしみているだろう。

さっきの胸の痛みはどこへやら。今は、お客の喜ぶ顔が浮かんでくる。

「いい匂いだね」

お近が鼻をひくひくさせた。

「あんたには食べさせないよ」

お栄が憎らしいことを言った。

空に明るさが残る宵の口に店を開けると、惣衛門、徳兵衛、お蔦がうちそろってやって来た。この日の膳はとこぶしのやわらか煮、さよりの一夜干しにかぶの葉とじゃこの炒め、わかめのみそ汁と飯、甘味はわらび餅だ。

「あれぇ、お高ちゃん、もしかして」

徳兵衛が大きな声を出した。

「安心してください。あわびじゃないです。とこぶしです」

「そうか、そうだよね。当たり前だ、どうりで少し小さいと思ったよ。安心したよ。あわびなんか出されるとさ、俺、なんか悪いことをしたかなって心配になる」

「徳兵衛さん、あんた、それ、どこの話をしているんだよ。また、お清さんに心配をかけたのかい」

お蔦がたずねる。

「いや、いや、いや、いや……、めっそうもない」

徳兵衛は首をふり、みんなが笑った。

しばらくすると、おりきと雁右衛門がやって来た。おりきはお栄の昔なじみで、雁右衛門は少し前からおりきが一緒に暮らしている男だ。日本橋の値の張る、凝った煙草入れを扱う店の主だったが、今は店を息子にゆずり、神田で隠居暮らしをしている。

「おや、雁右衛門さん、今日もまた、いい着物だねぇ。粋な色合わせだよ」

お蔦がほめた。

八端と呼ばれる綾織り八丈縞の茶の着物に、ざっくりと粗く織った灰色の帯をしめている。八丈島の草木や泥で染めた絹地は独特の渋い色合いと光沢があり、禿頭で丸い体つき、穏やかそうな細い目をした雁右衛門をなおいっそう福々しくみせていた。

「ありがとうございます。今日の着物はおりきが見つくろってくれたんだ」

雁右衛門がほほえむ。

「呉服屋に言われるままに買って、仕付け糸のついたままの着物が何枚も箪笥にあるんですよ。もったいないから着てくださいって、お願いしているの」

「着物だの帯だの、あれこれ引っ張りだして、ああでもない、こうでもないって半日ながめているんだ」

「あらぁ、だって、それが楽しいんだもの」

そろりと流し目で鳫右衛門を見た。かつてはお栄とともに居酒屋で働いていたが、小間物屋の後添いとなり、その男に死なれたあと小さな店をもらった。それだけでも、お栄からしたらたいした出世だが、今度はさらに金持ち、物持ちの鳫右衛門の後添いである。跡継ぎの息子たちもいるから「後添い」といっても、本当はどのような立場なのかはよく分からないが、ともかく、おりきはわずかの間に、女中がいて、内風呂のある贅沢な暮らしにすっかりなじんでしまっていた。

「おや、あわびかい？」

鳫右衛門が膳をながめてつぶやく。

「ちがいますよ。この大きさならとこぶしでしょ。とこぶしもおいしいけど……、あたしはやっぱりあわびの酒蒸しが好きだねぇ」

よけいなひと言を口にするところは昔と変わらない。

「へとこぶしにあふてはなれぬ蛤の　月見がすぎるとむこ入目出度いもせ貝」

お蔦がふと、口ずさんだ。

その声に一瞬、丸九がどこぞの粋なお座敷に変わったような気がした。しゃべっていたお客たちも口を閉じ、盃を手にした者はその手を止めて耳を傾けた。

「いいのどですなぁ」

　鴈右衛門がうなずく。

「いやですよ。お粗末さまでござんした」

　お蔦が笑う。

「蛤は片恋(かたこい)をしているってことかい？」

　徳兵衛がたずねた。

「そうだねぇ。久しぶりに思う人がやって来て、蛤はそばを離れずにいるけれど、その人は婿(むこ)入りが決まっている。顔を見るのが最後かも、そんな切ない気持ちだね」

「うん、うん。昔から磯(いそ)のとこぶしの片思いっていうからなぁ」と徳兵衛。

「それは、磯のあわびの片思いでしょうが」

　惣衛門が呆(あき)れた顔になる。あわびの貝は二枚貝の片方のように見えるところから、片思いにかけた言葉だ。

「あわびもとこぶしも同じような姿だから、いいんだよ」

　徳兵衛は口をとがらせる。せっかく、しんみりとしたいい気持ちになっていたのに、たちまちいつもの丸九に戻ってしまった。

　最後のお客が帰って、鍋には六個のとこぶしのやわらか煮が残った。

「作太郎さんのところに持って行ったらどうですか。夜なべ仕事をしているそうじゃないですか」

　お栄が言った。

　昼間、ひとりでやってきたもへじの言葉によれば、作太郎が挿絵を描いた『大江戸七不思議』はよく売れて、萬右衛門が次々と仕事を持ってくる。それで、このごろ作太郎は朝から夜遅くまで絵を描いているのだという。

「でも、もう時刻も遅いし、仕事の邪魔をしたら申し訳ないわ。それより、お栄さんこそ時蔵さんに持って行ってあげれば？　とこぶし嫌いかしら」

「さぁ、どうでしょうねぇ。でも、今日はいいですよ」

　お栄はあっさりと断った。

「じゃぁ、お近ちゃん、持って帰ってお母さんと食べる？」

　お高の言葉にお近も首を横にふる。

「ううん、いい。おっかさんも貝はあんまり好きじゃないと思う」

「そうなの……、じゃぁ、明日、みんなのまかないにする？」

「そうですね。そうしましょう」

　それで、残ったとこぶしのやわらか煮は翌日のまかないになった。

朝一番のお客が去って手がすいたころ、お高たちの朝餉になる。白飯にとこぶしのやわらか煮、大根の千六本のみそ汁とぬか漬けで、ささっと腹ごしらえをする。

「とこぶしは見ないようにして食べればいいんだ。おいしいね」

お近は勝手なことを言い、ご飯のお代わりまでした。

「うぉい」

低い声がして裏の戸が開いて、魚屋が顔をのぞかせた。今日使う分の魚は明け方届けてくれている。

「あら、おじさん、どうしたの？」

「うん、ちょっと頼まれてくれないかねぇ。ほしいってところがあってあわびを仕入れたんだけど、いらないって言われてさ。ひとつでいいよ。買わないかい」

桶の中には手の平ほどの大きさのあわびが重なって、真珠のような貝殻を光らせていた。

「肉厚だから酒蒸しにするとうまいよ」

「うちじゃぁ、無理よ。こんな贅沢なもの」

「おかみさんが食べればいいじゃないか。たまにはひとりでさ。酒でもつけて。安くしとくよ」

誘うような目をした。

お栄がお高の袖をひいて耳打ちした。

「作太郎さんに持って行ってあげたらどうですか？　あわびの酒蒸しなら喜びますよ」

「そうだよ。こんな立派なあわびはめったにないよ」

魚屋もここぞとばかりにすすめる。結局、お高は押し切られてしまった。

お栄もお近も帰った午後、お高はひとりであわびの酒蒸しをつくった。

あわびに塩をふり、たわしで表面をこすった。あわびが身をぎゅっと縮めてもかまわずごしごしとこすると、黒っぽかった表面が白くなった。

あとは、酒をふって蒸し器で一時（いっとき）ほど。蒸し器は白い蒸気をあげている。じっくりと時間をかけることで、あわびの身がやわらかくなるのだ。

その間に弁当箱にご飯とおかずをつめる。白ごまをふったご飯に厚焼き玉子、青菜の海苔（のり）和（あ）え、煮豆、瓜（うり）のぬか漬け、杏（あんず）の甘煮。

これでいいだろうか。

あまり贅沢なものにして負担に思われても困る。

いやいや、あわびの酒蒸しは十分に贅沢だ。

大丈夫、作太郎は名料亭の英（はなぶさ）の息子だ。これぐらいのことで、驚くはずがない。

あれこれと思いながら、厚焼き玉子にかかる。

卵を溶くと、菜箸（さいばし）がからからと音をたてた。鍋に油をひいて卵を流すと、じゅっという軽やかな音をたてた。少しずつ何度も卵液を流しながら巻いていく。楽しい時間だ。

突然、盛大に白い湯気をあげている蒸し器が、ごとりという大きな音をたてた。

中のあわびが動いたのだろうか。いやいや、そんなわけはない。

しかし、あわびもとこぶしも、生きているときは不気味な感じがするのに、いったん、料理になるとおいしそうと思うのはなぜだろう。なまことか、ほやとか、およそ人の食べ物とは思えないのに、調理するとうまそうに見えるのもおかしなことだ。

ああいうものを最初に食べた人は、いったい誰なのだろう。

まったく、人というのは貪欲（どんよく）なものだ。

その最大のものがふぐだろう。

ふぐの毒は猛毒で、簡単に人が死ぬ。ふぐの毒がわたにあると気づいたのは、いつのことだろうか。それまで、どれほどの人が死んだのか。

しかも、中には、毒のあるわたをわざわざ食べる人がいる。舌がぴりぴりするのがいいのだそうだ。本当だろうか。周囲の人が驚く顔を見るのが楽しかったのではあるまいか。

父の九蔵は英の板長時代、どんなに乞われても、ふぐのわたは出さなかった。そんなものを食べたがるのは食通でもなんでもない、ただの悪食（あくじき）だと言っていた。

勝手に手が動いて、気づけば青菜の海苔和えも仕上がって、弁当箱には色とりどりのおかずが並んでいた。

蒸しあがったあわびの酒蒸しは別の折につめた。

開けはなった裏の戸から茜に染まった空が見えた。夕餉時である。

お高は鏡をのぞき、薄く紅をおいた。

神田橋まで来たら時蔵に会った。橋のたもとでぼんやりと川面を見つめていた。

「あら、時蔵さん、こんにちは」

お高は声をかけた。

「あ、ああ。こんにちは……」

「お仕事の帰りですか？」

「え、ええ……。まぁ、ああ、いや、そうです。はは、つい、考えごとをしていましてね。いや、お高さんにはいつもお世話になっています」

ぎくしゃくと頭を下げた。なんだかいつもと様子が違う。

「いや、いや……、あ、ちょっと用事を思い出しました。これで失礼をいたします」

足早に去っていった。

にぎやかな神田の町を過ぎ、路地に入れば作太郎の住まいももうすぐだ。

向こうから白いやぎと子供たちの一団がやって来た。十二、三の男の子がやぎの首にかけた紐を持っているが、引っ張られているのは男の子のほうで、やぎは勝手に歩いて道端の草をもぐもぐと食べる。

子供たちはやぎの背をなでたり、中にはたてがみを引っ張ったりする者もいるが、やぎは怒る様子もない。ひたすら草を食べている。

路地の行き止まりがもへじと作太郎の住む家だ。

突然、裏の戸が開いてもへじが現れた。風呂敷包み（ふろしき）を脇に抱え、急ぎ足でこちらに向かってくる。

「ああ、誰かと思ったらお高さん。作太郎のところですか」

ぺこりと頭を下げた。

「お弁当を持ってきたんです」

「それは残念。これから人と会うんでね。作太郎なら仕事場にいますよ。今日も朝からずっと描いている」

早口でそう言って足早に去っていった。

玄関で訪う（おとな）と、ねじり鉢巻きの作太郎が出て来た。

「お仕事中ですよね。でしたら、こちらで失礼をいたします。あわびが手に入ったので、酒蒸しにしました。ほかは厚焼き玉子とか……。お手すきのときに召し上がってください」

「いや、それはうれしいなぁ。腹をすかせていたんです。ありがたいなぁ。上がってくださいよ。お茶ぐらい出しますから」

白い歯を見せて笑った。

絵具と描きかけの絵が散乱している仕事場の襖を閉めて、台所に続く座敷で食べることにした。

「こんなにたくさん、ひとりでは食べきれないな。お高さん、一緒にどうですか？」

「ありがとうございます。もへじさんに残しておいたらどうですか？」

「いや、あいつは、人と会うと言っていたから、どこかで食べてくるでしょう。かまいませんよ。ひとりで食べてもつまらない」

それでお高も相伴することにした。

台所に行って湯を沸かし、海苔と梅干しとおかかで簡単な汁をつくった。ちぎった海苔に、種をとってたたいた梅干し、それにおかかを椀に入れて湯を注ぐだけの簡単なものだ。香りがよく、梅の酸味がきいている。

「そうそう、この味だ。懐かしいなぁ。英でもよく食べましたよ」

作太郎は相好をくずす。

「お高さんが来てくれて本当によかった。朝食べたきりで、腹が鳴っていた。だけど、つくるのも面倒だ。屋台のそば屋も路地の奥までやって来ない。どうしようかと思っていたんですよ」

「このごろは、もへじさんとは別々なんですね。徳兵衛さんの蔵をたずねたときも、いらしたのは作太郎さんひとりでしたし、今も外ですれ違いました。人と会うとか」

「そりゃぁそうですよ。大の男がふたり、家も一緒で、出かけるときも一緒じゃ、お互い鼻につく。わざと離れているんです」

作太郎は厚焼き玉子に手をのばした。

「そうだ、今朝の朝飯の話だ。台所に行ったけれど、食べるものがなにもない。あるのは大根のしっぽとたくわん、大根の薄切りでかまぼこのつもり、たくわんは卵焼きと思うことにした」

「落語の『長屋の花見』みたいですね」

「そうなんですよ。だけど、肝心の飯がない。戸棚をあさったら、この前のそうめんの残りが出てきた。飯を炊くより簡単だから、それで我慢した」

「まぁ」

お高は声をあげて笑った。

「ああ、この仕事を早く仕上げて、また寄席に行きたいものだ」

作太郎は大げさに嘆いて、あわびの酒蒸しに箸をのばした。

「贅沢だなぁ」

うっとりと目を閉じる。すすめられてお高もひと切れ口にした。

ぷりぷりとした食感とともに、蒸すことで閉じ込められたうまみが華やかに口の中にひろがった。香りが鼻に抜けていく。

黒い肝はほろ苦く、品のいいあわびの味わいを引き立てた。

「酒でも飲めればいいんだけど、これからまだ、描かなくちゃならないものがある。画料が安いのに、行灯の油代ばかりかかる」

作太郎らしくないことを言った。

「そういえば、落語にあわびが出てくる噺がありましたよね」

お高は話題を変えた。

「『あわび熨斗』。お高さんは、あの話をご存じでしたか」

作太郎は陽気に膝を打つ。

祝い物につける熨斗は、熨斗あわびを簡便にしたものだ。古来あわびは長寿を表す縁起のよいもので、熨斗あわびはあわびを薄く削いで乾かし、さらに水で引きのばしている。

落語の『あわび熨斗』は、しっかり者の女房の尻にしかれている、少しぼんやりした甚兵衛が主人公だ。甚兵衛は大家の息子が嫁を迎えるので、その祝いにあわびを持って行く。じつは大家からのお返しが目当てである。

ぼんやりの甚兵衛は女房に言われた口上を述べようとするが、うまくいかない。しかも、大家は「磯のあわびの片思いといって、祝言には縁起が悪い」と突き返す。

すごすご帰る甚兵衛は途中で親方に入れ知恵され、大家のところにとって返す。「あわびは熨斗に使う縁起のいいものだ」と理屈をつけて受け取ってもらおうとするのだが、やっぱりうまくいかない、というばかばかしい話である。

「どういうサゲでした？」

作太郎がたずねた。

「覚えていないわ。ずいぶん、前のことだから。たしかお正月で、お栄さんと初詣に行った帰り、寄席に寄ったんですよ。そのとき、聞いたんです」

「あれは噺家によって終わり方が違うんだ。お高さんはまた、サゲが分からなくて悩んだんじゃないのかと思った」

「悩んだことは覚えていないから、きっと納得したんですよ」

ふたりで声をあげて笑った。

送ってくれると作太郎が言ったけれど、夜も早い時刻で人通りも多いし、仕事が残っているのなら申し訳ないとお高は断った。

帰り道、お高はずっと作太郎のことを思っていた。

作太郎は明るい目をしていた。

陽気な様子でよくしゃべった。

けれど、少し元気すぎるような気がした。そのことが気になった。

――絵描きはみんな嘘つきです。

そんな言葉が頭をよぎった。

二

朝の仕込みの時間だった。

お栄が、ふと思い出したようにお近にたずねた。

「そういえば、あんた、このごろ、もへじの話をしないねぇ」

「うん……、そうだね。いいんだよ。もう、もへじは」

「あら、そうなの……」

お高はお近の顔をながめた。

ふたりでかっぱ釣りに行ってしばらくの間、お近はうるさいほど、もへじの話ばかりした。もへじとどこそこへ行った、なにを食べた、こんな話をしていた……。ところが、ここ何日か、お近はもへじのことを話題にのせない。

「なんだ、もう、飽きちゃったのかい？　あんたは熱をあげるのも早いけど、冷めるのはもっと早い。今度は、なにが気に入らないんだよ」

大根を切りながらお栄がたずねた。

「だってさ……。もう、以前のもへじじゃないんだ。あたしが好きだったのは、いつもぶらぶらしていて行き当たりばったりで、突然、かっぱ釣りに行きたいとか、ばかなことを思いつく、大人のくせに子供みたいな、面白くて変なやつだったんだ。でも、今のもへじは違うんだ」

「そりゃぁ、もへじさんは売れっ子の絵描きになったんだもの、いつまでも、あんたの相手はしていられないさ」

「分かっているよ、そんなの。だから、あたしはもへじと距離をおくことにしたんだ」

「そのこと、もへじさんに伝えたの？」

みそ汁の味をみながら、お高はたずねた。

「言ったよ。もへじは変わっちまったんだねって。そしたら……ごめんよ、ごめんよって、もへじのやつ、悲しそうな顔をしたんだ。だから、あたしもやっと気がついたんだ。しょうがないことなんだって。それで、もう、会わないことにしたんだよ」

「そうだね。それがいいよ。お互い、しょうがないことがあるんだから」

お栄がしみじみとした言い方をする。

「うん。もへじがね、言ったんだ。あたしと一緒にいるのは楽しかったんだってさ。できればもっと、ずっと一緒にいて、遊びたかったたって。だけど、自分は、やっぱり本物の絵描きになりたいんだって。前にも言ったろ。……もへじの中にはふたりのもへじがいるんだよ。片方はのんきで面白いもへじだけど、もう片方は絵を描いているときの、怖いほど真剣で、邪魔されると怒るもへじだ」

「お近ちゃんはのんきで面白いもへじさんが好きなのね。でも、絵を描いているときのもへじさんもかっこいいと思うけど」

「お高さんは、そのときのもへじを知らないから、そんなことを言うんだよ。本気になって絵を描いているときのもへじは、自分だけの絵の世界に入っているんだ。そこは万花鏡(ばんかきょう)の中のようにきらきらして、きれいな音楽が聞こえて、楽しくて面白くてすごい夢のような場所なんだ。その一方で、辛(つら)くて苦しくて、逃げたくなるような場所だって。でも、そこにあたしは連れて行ってもらえないんだよ。あたしはそれを遠くで見ているだけ。そんなの淋(さび)しいよ」

「そう……」

お高はお近の言葉を聞きながら、作太郎のことを思った。

作太郎も万花鏡の中のようなきらきらした絵の世界で遊んでいるのだろうか。

お高が知っている作太郎は、人当たりがよくて、話の面白い男だ。

それは表向きの顔で、絵を描いているときはまた別の顔があるのだろうか。夢中になって絵の世界で遊んだり、思うように描けずに苦しんだりしているのか。

——絵描きはみんな嘘つきです。

また、そんな声が聞こえた。

「お高さん、手が止まっていますよ」

お栄に言われてはっとした。


いつものようにたくさんの客が来て、昼過ぎには仕事を終えた。

お近が帰り、お栄とふたりでお茶を飲んでいると、裏の戸を激しくたたく者がいる。

「開いてますから、どうぞ」

お高が声をかけると、おりきが姿を現した。怒っている。

「ちょっと、お栄さん、あんた、なんで時蔵さんの話を断ったの？　時蔵さんが、あたしのところに相談に来たのよ。お栄さんが、もう会うのはこれっきりにしたい。あなたにはもっとほかにいい人がいるはずだって。時蔵さんはびっくりしていたよ。自分はお栄さんを怒らせたんだろうか、いったい何がいけなかったんだろうかって」

激しい剣幕でまくしたてた。

「そうか。あんたのところに相談に行ったのか。案外、おしゃべりだね。あの人は」

お栄は肩をすぼめた。

「まあ、立ち話もなんだから、座ってくださいよ。お茶をいれますから」

お高はおりきに声をかけた。

おりきはお栄の前にどんと座った。

「あたしはね、時蔵さんにあんたを紹介した責任があるんだ。ちゃんと、あたしに分かるように説明しておくれ」

じつは、おりきは時蔵のことが気になっていたがふたりきりで会うほど親しくないので、お栄を誘ったといういきさつがあった。それは、おりきがまだ、賜右衛門に会う前の話で、
時蔵がお栄に声をかけたので、おりきはひどく憤慨したものだ。

「時蔵さんは、あんたになんて言ったんだよ」

お栄はたずねた。

「一緒に暮らさないかと誘ったって。自分もいい年だ。いつまで元気でいられるか分からない。だから、一日一日を悔いなく過ごしたい。一緒に飯を食べて、話をして、笑ったりしたいんだって。そう言ったらね、この人はなにを勘違いしたんだか断った。あんたと一緒には暮らせない。今のまま、ひとりのままがいいって」

「え、そうなの？　どうして？　時蔵さんとはうまくいっていたんじゃないの？　そんなうれしいことを言ってもらったのに、どうして断ったりしたのよ」

お高は驚いてたずねた。

「ね、お高さんだって、そう思うでしょ。あたしは聞いてびっくりした。意味がわからなかった。あんたは自分を何様だと思っているんだよ。あの人は、気持ちがやさしくて、そ

れなりに金もある。面倒な小姑もいない。しかも、あんたのことを好きだって言ってくれているんだ。そんな男はめったにいないよ。砂の中の金を探すようなもんだ。あんたは、今、その運を手にしている。どうして、それを手放すんだよ。若くもなければ美人でもない、金もない、ないない尽くしのあんたみたいな女を、大事に思ってくれる男がこれから先、現れるとでも思っているのかい」

　おりきは目を三角にしてお栄に迫る。さすがのお栄もたじたじとなった。

「そんなふうに言わないでおくれよ。あたしだって、できることなら、時蔵さんの気持にこたえたかったよ。そうすれば時蔵さんだって喜ぶだろうし、あたしだって安心なんだ。だけどさぁ、違うんだ」

「どこが違うんだよ」

「うん、だから……」

「ねぇ、まさか、丸九があるからなんて思っていないわよね。そりゃぁ、お栄さんがいなくなったら私も困るけれど、だけど、それだってお栄さんの幸せには代えられないもの。私は喜んで送り出すわよ」

「いや、そういうことじゃないんですよ」

　お栄はあわてたように手をふった。

「じゃぁ、昔の男のことがあるから？　さんざん辛い思いをしたから、幸せになるのが怖くなった？」

「そうじゃなくて……」

「じゃぁ、なんなのよ。はっきり言いなさいよ」

おりきはこぶしをにぎる。

「まあ、まあ、落ち着いて。おりきさん」

お高は戸棚から煎餅(せんべい)を取り出して、おりきの前に置いた。おりきはばりばりと音をたてて煎餅をかじった。湯飲みの茶をぐいと飲み干すと、ふうっと息を吐いた。

「あたしはね、あんたのことが心配なのよ。じき五十よ、あたしたち。親兄弟も子供もなくて、頼る人は誰もいない。そんなふうで年とって働けなくなったらどうするつもりなのよ」

「でも、あたしには丸九の仕事があるから。体が動くかぎり、こちらでお世話になるって決めているんだ」

「そうね。それは、そうだけど」

お高も口添えする。

「そりゃぁ、丸九の仕事が楽しいのは分かるよ。あたしだって小間物屋をしていたんだから。自分の仕事があるのって、いいもんだよ。暮らしに張りがでる。……だけどさぁ、やっぱり頼りになるのは男の人だよ。隣に誰かがいてくれるっていうのは、幸せなもんじゃないか。あんた、なんで、その幸せを自分から捨てるんだよ」

「あんたがあたしのことを心配してくれているのは、よく分かるよ。だけどさ、あたしとあんたは違うんだ。あんたは男の人と一緒にいるのが幸せなんだろ。でも、あたしはひとりで、ゆっくりのびのびと手足をのばして寝たいと思うほうなんだ」

おりきは意味が分からないと言うように、宙の一点を見つめた。そして、ぽんと膝を打った。

「分かった。あんたはいびきをかくんだね。そうか、そうなんだね」

おりきは決めつける。

「そういうことじゃなくて」

「ばっかだねぇ。そんなことなら、なんでもっと早く、あたしに相談してくれないんだよ。大丈夫だよ。あたしにまかせておくれ。いい医者を知っている。そういうことなら、心配ないよ。ああ、びっくりした。まったく、お栄さんって人はねぇ、昔からそうなんだよ」

おおらかに笑うと立ち上がった。

「だから、違うってば……」

お栄が引き留めるのも聞かず、おりきは出ていった。

おりきの足音が遠ざかり、しばらくしてお高はお栄にたずねた。

「ねぇ、本当のところはどうなの？　なにが、困るの？」

お栄は湯飲みのふちを指でなぞるようにしながら答えた。

「思うんですけどね、世の中にはふた通りの女がいると思うんですよ。男を生きがいにできる女とそうじゃないのと。……おりきは男を生きがいにできるほうだ。あの女は居酒屋で働いているときから言っていた。一日だって男がいないと暮らせないって。そのときは、なんて嫌らしいことを言う女だと思っていたけど、そうじゃないんだね」

お栄は半ば感動したような目をした。

「おりきにとって、男の人は生きる値打ちだ。生きがいで趣味だ。世話を焼きたいんだ。男がほめられると、自分がほめられたように感じる。男の商いがうまくいったり、出世をすると、自分の働きがあったからだと思える。小間物屋と一緒に暮らしていたときはしゃかりきに働いて店を繁盛させた。それが小間物屋の夢だったからね。鴈右衛門さんは隠居だし、女中がいるから家の用事もない。だから、あの女は鴈右衛門さんにとっかえひっかえ、着物を着せて楽しんでいる。半日、着物をながめていても飽きないんだ。膳に魚が並ぶときは骨をとってほぐすし、足や腰をもみ、風呂に入れば背中を流したり、ともかく母親みたいに世話を焼く」

「おりきさんと暮らす男の人は幸せね」

「ね、そうでしょう。まぁ、世話を焼かれるのが好きじゃないって人もいるけど、たいていは喜ぶ。母親が嫌いな男はいないから」

「でも、お栄さんは違う」

「そうなんだ。あたしみたいな女と暮らす男は気の毒だ。この前、着物の袖のところが少しほつれていたんです。あたしは気づいていたけど、つい、後回しにしてしまった。そうしたら、あの人、自分で繕（つくろ）って直した。ひとり暮らしが長いから、そういうことができるんだ。手先も器用だし」

「そう……」

「本当に申し訳ないと思った。だけど、これもあたしの性分なんだ。あの人のことは好きですよ。でも、あの人の世話をするのは、また別のことでしょ」

「時蔵さんは、お栄さんにあれこれ世話をしてもらいたいわけじゃないわよ。一緒にご飯を食べて話をしたり、笑ったりする相手がほしいんでしょ」

「でも、今のあたしはご飯を一緒に食べることはできない」

丸九があるから。

「ここで、あたしはたいした仕事をしているわけじゃない。野菜を切ったり、洗い物をしたりするだけなんだから、あたしの代わりはいくらでもいますよ。だけど、あたしにとっては大事な場所なんです。働いて、お金をいただいて、自分の食い扶持（ぶち）を稼いでいるってことは、あたしの誇りなんですよ」

そこでお栄は顔を上げた。

「それがあたしの本当の気持ちなんだ。そういうあたしと一緒にいたって、時蔵さんは幸せになれない。時蔵さんはやさしくていい人だから、もっとふさわしい人がいるはずだ。いつまでも、あたしなんかに関わっていないほうがいい」

お栄は黙り、お高も言葉につまった。そこまで丸九のことを思ってくれているのはうれしい。けれど、それでいいのだろうか。

「もう一度、ふたりでよく話し合ってみたら。ふたりのことなんだから」

そう言うのがやっとだった。

お栄が去って、お高は店にひとりになった。

丸九はお高にとっても大切な場所だ。

たとえば、好きな人がいて、それはつまり作太郎ということだが、その人がどこか遠くへ行くから一緒に来てほしいと言ったら、お高はついていくだろうか。

おいしいものを食べさせたいと弁当を届けることはできる。けれど、そばにいて絵具の皿を洗ったり、部屋を掃除したりするだろうか。

作太郎の絵が世間に認められたとき、お高はそれを喜ぶだろう。しかし、その成功の陰には自分の努力があったからだと思えるだろうか。二人三脚で歩んできたと胸を張るだろうか。

丸九を閉めて、ひとりの男に尽くすこと。それがお高の本当にやりたいことなのだろうか。丸九も大事、作太郎の助けにもなりたいというのは、虫がよすぎるのではないのか。

考えているうちに分からなくなった。

こんなふうに狭い厨房にこもっているから、あれこれと考えてしまうのだ。外に出よう。

お高はかごを持って買い物に出た。

なにかおいしいものを買って、夕餉にしよう。

そば屋の前を通ったらだしの匂いが流れてきた。たまには外で食べるのもいいだろう。かるく寿司をつまむ、あるいは天ぷらか。帰りに甘いものでも買って帰ろうか。

ついと目の前を赤とんぼが過ぎていった。

暑い、暑いと言っているうちに、季節はめぐった。

空にはうろこ雲が浮かんでいる。

気づくと、目の前に豆腐屋があった。旭屋と看板が出ている。

長谷勝のお寅の娘、お辰が嫁いだ店だ。

「いらっしゃい。何にしますか」

お辰が出て来た。お高の顔を見て二重の大きな目がまたたいた。お高の顔を覚えているのだ。

「えっと、あの……、油揚げを一枚」

「豆腐を買うなら桶を貸しますよ。手のすいたときに持ってきてくれればいいから。うちの豆腐はおいしいですよ」

お辰が言った。

「あ、そうですか。ありがとうございます。じゃぁ、お願いします。油揚げとお豆腐を一丁」

お高は豆腐も買ってしまった。

寿司も天ぷらもとりやめ。今晩は冷奴だ。

踵を返した。

ふと思った。

お辰も男を生きがいにする女のほうだろうか。亭主の世話を焼き、子供を育て、家族で力を合わせて店を繁盛させるのか。

きっと、そうだ。それがお辰の思う幸せだ。

けれど、それはおりきの考える幸せとは少し違うような気がする。

――あたしたちはね、安いとこぶしだよ。だけど、いい男と一緒になったら、あわびにだってなれるんだ。

いつか、おりきは丸九でお栄にそう言っていた。

そばで聞いていたお高は、そういう考えもあるのかと感心した。

――店に行くだろ、あたしが鳫右衛門の女だって知っているから、番頭や手代がすっとんできてもみ手する。家に戻れば面倒な仕事は女中がやってくれるから、冷たい水で洗い物なんかしなくてもいいんだよ。内風呂だってあるんだ。金の心配をせずに、毎日、おいしいものを食べて、温かいふかふかの布団に寝ている。あたしは心から、鳫右衛門さんに感謝している。

――ほう、そうか、よかったねぇ。

お栄は心から感心したようにうなずいた。

それは、うらやましいというのとは少し違う。

それがあんたの思う幸せなんだ、しっかりつかんで放さないようにしなよという顔だった。

お高の脇を赤い烏帽子に赤い前掛け、背中に大きな唐辛子の張りぼてを背負った物売りが通り過ぎていった。

「とんとんとんがらし、ひりりと辛い山椒の粉……」

よく通る声で呼びかけている。

お高は思い出した。

おりきは以前、相撲取りくずれの男と駆け落ちしそうになったことがあった。金もない、暮らしのあてもない男だった。

あのとき、すでに雁右衛門と一緒に暮らしていたではないか。

言っていることも、やっていることも無茶苦茶だ。なにを信じたらいいのだ。

「竹やぁ、竿竹（さおだけ）」

長い竹を背負った竿竹売りの男がのんびりした呼び声をあげながら通り過ぎていく。

ああ、そうか。お高はうなずく。

おりきは、目の前の男にとことん夢中になれるのだ。自分の全部を賭けられる。今、手の中にあるものを、すべて捨ててもいいと思えるのだ。

無鉄砲で行き当たりばったり。

だけど、心にまっすぐ。

それはそれで、すごいことではないか。

自分にはとても真似（まね）できないことではあるけれど。

お高は空を見上げた。

三

丸々とした秋なすが手に入った。実はよく太って皮はつやつやと光っている。へたのとげは鋭くとがって指を刺した。包丁ですぱりと切ると、目にしみるほど白く、きめ細かな肌はしっとりと水気を含んでいた。

お高は田舎煮にすることにした。

綿実油でさっと炒め、水と赤唐辛子、醤油と砂糖を加えて、なすがくったりするまで煮る。つくりたてもおいしいが、翌日、味がしみたころもいい。

脂ののった秋鯖は塩焼きだ。遠火の強火で焼くと、じゅうじゅうと音をたてて脂が落ちる。それに大根おろしをたっぷりと添えた。ほかは、おからの煮物、にんじんとかぶの一夜漬け、なめこ汁にご飯だ。

鯖を焼く匂いは店の外まで流れている。

「誘われちまったよ」

そう言ってふたり連れのお客が入って来た。お茶を運んで行ったお高に「双鴎画塾」という言葉が聞こえ、思わず耳をそばだてた。

「息子がさ、絵描きになりたいなんて言いだしたんだ。この近くに双鴎画塾ってのがあるのかい？」

「いや、あそこはちょっとやそっとじゃ入れねぇぞ。あそこには全国から腕に自信のあるやつが集まってきているんだ。国元じゃ、神童なんて呼ばれてたやつらばっかりだ」

「そんなにすごいのか」

「ああ、免状をもらうまでがまた大変で、見込みのねぇやつは途中で出されちまう」

「厳しいなぁ。せがれは浮世絵師になりてぇってんだ。朝海春歌ってのが流行りなんだろ。ああいう絵を描きたいんだってさ」

「それなら双鷗画塾じゃなくて、誰かに弟子入りするんだな。だけど、絵描きで食えるやつなんてほんのひと握りだろ。どうせなら、もっとまともな職につけさせろ」

「まったくだ。早いとこ、目を覚まさせねぇとな」

ふたりは声をあげて笑った。

作太郎が挿絵を描いた『大江戸七不思議』は人気になって、次々仕事が来ていると言っていた。お高は出来上がった本を見せてもらった。黄色い表紙に大江戸七不思議という文字が遊んでいた。中を開くと、ざらざらした薄い紙に絵と文が並んでいた。天井から汚れた足が降りてくる「足洗い屋敷」も、だだちゃ豆の好きな「蔵の神様」の絵も作太郎らしく、洒落ていて楽しそうだった。

もうそろそろ、次の本も出ているのではないだろうか。

お高は店を閉めたあと、近くの貸本屋に行ってみた。

店先にはさまざまな種類の本が積み重なり、壁には短冊が何枚も下がっている。「大評判　朝海春歌画　夢の浮橋恋煩い」、「人気　加茂吉胤の怪談話」というものもあった。

「なにか、お探しの物はありますか」

手代が声をかけてきた。

「深川あさり飯という絵描きの描いた黄表紙はありますか。『大江戸七不思議』の挿絵を描いた人です」

「深川あさり飯ですかぁ。どうだったかなぁ。『大江戸七不思議』の続編の『大江戸猫屋敷』なら、これですよ。とっても面白いですよ」

棚から一冊をとって手渡した。

表紙には、口が耳まで裂けた、おどろおどろしい女の姿が描かれていた。作太郎の手によるものとは、とても思えない。絵師の名も違った。

「深川あさり飯という人の描いたものを探しているんですけれど」

「新しい絵師の人はたくさんいるんでねぇ。申し訳ない。今、出払っているみたいです」

手代は困った顔をした。

それでお高は礼を言って戻ってきた。

作太郎が描いた絵は売れなかったということか。朝から夜遅くまで描いていたのに。

そうだ。きっとあれらは黄表紙ではなく、全然違うものだったのだ。たとえば、襖絵とか、屏風絵とか。そういう大作を頼まれているのだ。

お高はそう思いたかった。

だが、もしそうなら、作太郎は自分に教えてくれるはずだ。

黙っているのは、いい話ではないからではないのか。

お高は唇を噛んだ。

お高は久しぶりに双鷗画塾をたずねてみることにした。双鷗に会えば何か教えてくれるかもしれない、そう思ったのだ。

急いで店に戻り、厚焼き玉子を焼き、なすの田舎煮やおからの煮物を折につめた。それを持って双鷗画塾をたずねた。

国じゅうから集まった塾生たちが絵を学んでいる建物の脇を抜けて厨房に行くと、お豊と秋作が夕餉の支度をしていた。

「お高さん、お久しぶりです。双鷗先生がお高さんが来るのを首を長くして待っていましたよ」

「本当は秋作が待っていたんだろ」

塾生の飯をつくるお豊がからかう。秋作の料理の腕は相変わらず上達していないらしい。

秋作がお高が来たことを伝えると、二階の自室に来るように言われた。

部屋に行くと、双鷗は絵を描いている最中だった。青笹を敷いた三方の上には、あわびと伊勢えび、さざえ、蛤が盛られていた。

「最近、作太郎と会いましたか。あの男は、どうしていますか」

双鷗は絵筆をおいて、お高にたずねた。

「数日前にもへじさんと住んでいるお宅にうかがいました。お忙しそうでした」

「そうですか。どうも、最近、私は避けられているらしくてね。こちらには近づかないのですよ。黄表紙の挿絵を描いていると聞きましたが」

「もへじさんの紹介ではじめたそうです」

「作太郎は金に困っているのですか」

「詳しいことはわからないのですが」

　双鷗は分かったというように小さくうなずいた。英（はなぶさ）を閉めて借財はすべて清算をしたはずだったが、その後、古い借金の証文を持った者が現れた。その借金は作太郎が背負った。お高はそこまで言葉にしなかったが、双鷗は大方の事情を理解したようだ。

「黄表紙ですか、ああいう地本問屋（じほんどいや）の世界のことは私にはよく分からないけれど、注文を受けて、それにこたえるというのはなかなか難しいのではないかと思うんですよ。とくに、ここで学んだような者にはね。多少腕に心得がある、自分のやり方に自信を持っているなんていうのは、向こうも使いづらいでしょ」

「そうかもしれないですね」

　お高は答えた。

　いちいち最初から描き直さずとも、上に紙を貼ってそこだけ直せばよいと加茂に言われて、作太郎が嫌な顔をしていたことを思い出した。

「もへじはね、ああいう男はいいんですよ。相手に合わせているようで、肝心なところはゆずらない。図太いところがあるから、のらりくらりして自分を通す。どうなることかと思ったけれど、うまい具合に時流に乗った。たしかにあの美人画はよかった。とくに目がいい。あれは誰も真似ができない」

双鷗はもへじの描いた美人画を見てくれていた。

「しかし、作太郎は難しいかもしれませんね。あの男は頑固だから。誇り高くて人に弱みを見せられない。頭を下げて人にものを頼むことができない。よけいな苦労を背負うことになる。損な性分だ」

「どうしたらいいんでしょうか」

「さあねぇ。ここにいる人間は多かれ少なかれ、みんなそうですよ。自分を選ばれた特別な人間だと思っている。もちろん才ある人たちばかりですよ。そのうえ、努力家だ。鍛錬を惜しまない」

双鷗は三方に目をやった。

肉の厚いあわびの黄色みを帯びた身がわずかに波打っている。さざえはぴたりと蓋(ふた)を閉じ、蛤も動かない。伊勢えびはゆらり、ゆらりとひげを揺らしていた。

「難しいのはね、その先なんですよ。どうやって自分の才を花開かせるか。自分にしか描けない絵に到達するのか。その道筋は一人ひとり違うんです。作太郎はきっと今、焦っていますよ。英がなくなって、自分の食い扶持を稼がなくてはならなくなった。そのうえ、借財もある。仲良しで腕を競い合った森三は百年後にも残る絵を描いて死んでしまった。のんきそうにしていたもへじも、はるか先を歩いている」

「なにか私にできることはあるでしょうか」

「そうですねぇ。ただ黙って、静かに見守ることでしょうかねぇ」

双鷗はそう言うと、また絵筆をとった。

お高は双鷗の夕餉の膳を調（ととの）えて画塾を出た。

日が暮れて、空には星がまたたいていた。

足は勝手に作太郎の家に向かう。

作太郎の顔を見たら、貸本屋に作太郎が挿絵を描いた本を探しに行ったと言ってしまいそうだ。心配して双鷗に会いに行ったと告げたら、よけいなことをすると怒るだろう。

路地の先、家の前庭に赤い火が見えた。

急いで向かうと作太郎が焚火（たきび）をしている。紙を焼いていた。

「どうしたんですか？」

「反故（ほご）にした紙を焼いているんですよ」

手にした紙をちぎっては焚火にくべている。紙がくべられると、炎が大きくなって作太郎の顔を赤く照らした。炎の中に、猫の顔が一瞬見えた。『大江戸猫屋敷』のために描いたものだったのだろうか。

どこからか三人ほどの子供たちが集まってきた。

「なんだよ。おじちゃん、紙を燃やしているのか。燃やすんだったらおれにくれよ」

「そうだよ。くず屋に売れば金になる、もったいないよ」

「悪いな。これは燃やすしかないんだ」

作太郎がいらだったように言う。

「なんでだよ。いいじゃないか。けちんぼ」

ひとりが言うと、あとのふたりもけちんぼ、けちんぼと口々に叫んだ。

「うるさい、帰れ。俺の絵を俺が燃やすんだ。俺にかまうな」

作太郎は癇癪(かんしゃく)を起こしたように怒鳴った。わっと声をあげて子供たちは散り散りに逃げていった。

お高は黙ってその様子を見ていた。作太郎は暗い目をしていた。それは今までお高が見たことのないものだった。口をへの字に結んで、もう何も言わず、ただ黙って手にした紙を焚火にくべていた。

すっかり紙を燃やしてしまうと、作太郎は灰を片づけ、水をまいた。あたりはすっかり暗くなって、作太郎も黒い影になって見えた。

「来てくださってありがとう。だけど、私はまた旅に出ようと思っているんです」

固い声がした。

「どちらへ行かれるのですか」

「まだ、決めていません。どこか、遠くへ……。前にも言ったでしょう。江戸にいると旅に出たくなるんです」

「それで、先立つものはどうなさるおつもりですか。返さなくてはならないお金もあるのではないですか、それはどうして工面(くめん)するのですか」

作太郎は黙った。

「以前、あなたは私にこうもおっしゃいました。旅に出ていると、江戸が恋しくなるって。旅に出るのもよいでしょう。でも、帰る場所がなくなっては困るでしょう。英はなくなってしまった。返さなくてはならないお金もある。その算段はあるんですか。まさか、全部を放り出すおつもりではないでしょうね」

思わず強い調子になった。

こんな言い方をするつもりはなかった。ただ黙って、静かに見守るつもりだった。

「どれくらいあれば足りるんです」

もう少しやさしい言い方をした。

作太郎は答えない。

男の人を言葉で追い詰めてはいけないと、いつか誰かに教えられたような気がする。賢い女は、そういうことをしないのだそうだ。その代わりに甘えたり、すねたりするとよいと聞いた。だが、お高はそれができない。できるくらいなら、作太郎とだってとっくになんとかなっているはずだ。

お高は切り口上でたずねた。

「借金をきれいに返して、身ひとつになって好きな場所に行くためには、いったいいくら必要なんですか」

「……二十両」

「ほんとにそれだけなんですか。たったそれだけのために、黄表紙を描いていたんですか」

「五十両」

不機嫌な声で作太郎は答えた。

英がうまくいっていたころであれば、それくらいの金子(きんす)はなんとでもなったことだろう。けれど、今は一両、二両の金も思うようにならないのだ。それが悲しくて、悔しかった。

お高は、作太郎の腕をつかんだ。

「知り合いのところに行きましょう。私に考えがあります。うまくいくかどうか、分からないけれど。すみませんが、少し私に時間をください」

作太郎はなにも言わなかった。お高に言われるままについてきた。

日本橋の通りを過ぎて角を折れると、長谷勝の店が見えてきた。のれんはおろされ、店は閉まっている。お高は迷わず裏に回った。勝手口で訪うと、女中が出て来た。

「夜分に申し訳ありません。丸九の高です。お寅様はお手すきでしょうか。どうしてもお目にかかって、お願いしたいことがあります」

女中が奥に引っ込み、次女のお巳代の案内で奥の座敷に通された。

作太郎は床の間の掛け軸に目をやった。

双鷗が描いた福々しい顔立ちの恵比寿様である。片手に鯛、もう片方の手に釣り竿を持ち、傍らの俵からはのしあわび、いりこ、ふかひれが溢れている。掛け軸を彩る金襴裂地の金糸が行灯の明かりにきらりと光った。

姿を現したお寅が作太郎を見てうなずいた。

「双鷗先生のお描きになった恵比寿様をお祀りするようになって以来、長谷勝の商いは波にのり、大変に繁盛しております。ありがたいことです。先生にはよろしくお伝えください」

「本日は、その件でお願いにあがりました。古来、恵比寿様と大黒様は共にめでたい福の神。一対に祀られることも多いと聞きます。こちらの恵比寿様に加えて、もう一点、大黒様をお求めになってはいただけませんでしょうか。この作太郎さんが描かせていただきます」

隣の作太郎がはっと息をのむ。

お寅は目を細め、値踏みするように作太郎を見た。

「双鷗画塾では三傑とも呼ばれ、双鷗先生もその力を認めていらっしゃいました。三傑のおひとり、夭折した森三さんが描いた涅槃図は谷中の浄光寺に納められました。百年後にも伝わる絵といわれています。もうひとりは今大人気の浮世絵師、朝海春歌です。作太郎さんもかならず、大きく花を咲かせる方です」

「えらく肩を持つんだねぇ。いったいいくらで買わせようってんだ」

お高は腹に力を込めて言った。

「六十両で」

借金は五十両。それに絵具や紙代をのせたら、それぐらいはほしい。

「思い切った値だねぇ」

「はい。けれど、いつか、安い買い物だったと思っていただけます」

お高は答えた。

そのときお巳代が茶を運んできた。お寅は手を温めるように湯飲みを持った。

「年をとるとね、秋のはじめでも手が冷たくなるんだよ。困ったもんだ。しかし、たしか、この恵比寿の絵はあんたたちに言われて、この家に伝わる恵比寿様の木像と取り換えたんじゃなかったのかい。あの恵比寿様の木像はね、ひいじいさんゆかりのものだったんだよ」

お高たちの住む油町（あぶらちょう）には汐見（しおみ）大黒と呼ばれ、町の人々の信仰を集めていた木像の大黒があった。それが洪水の折、隣の塩町（しおちょう）に預けられ、そのまま返してもらえなくなっていた。お高と作太郎、政次が調べていくうち、同じ作者が彫った恵比寿像が長谷勝にあることを知る。

そこで、汐見大黒を返してもらい、代わりに塩町には長谷勝の恵比寿像を渡し、長谷勝には双鷗の描いた恵比寿様を贈るということで話をつけたのだ。

「この前、塩町に行ってあの恵比寿様にご挨拶（あいさつ）をしてきた。きれいなお花が供えられていて、みなさんに大事にされているのが分かった。あたしはうれしかったよ。あの恵比寿様の技法はなた彫りって言うんだろ。大きななたでざくざくと切って形をつくっていく。お顔だって鼻も目もちょんちょんと二、三回なたを入れただけだ。だけど、やさしくてあったかい。思わず手を合わせたくなる、そういう恵比寿様なんだ。双鷗先生も、そのあたりのことをよく分かって、この絵を描いてくださった。あたしはありがたいと思っている」

ちらりと床の間の絵に目をやる。

「あんたは、この恵比寿様と対の大黒様を描くというけれど、そんなことができるのかい？　技量の話をしているんじゃないよ。あたしはあんたの気持ち、覚悟を聞いているんだ。ながめていると心が落ち着いたり、いいことが起こりそうな気がしたりする絵が描けるのかい。仏画っていうのはそういうもんだろ」

お高はその迫力に押された。

作太郎はなんと答えるのだろうか。

お寅は答えを待っている。この人に嘘やごまかしは通用しない。

沈黙が流れた。

「それじゃぁ……」とお寅が立ち上がろうとしたとき、ずっと黙っていた作太郎が声をあげた。

「正直、おっしゃるような大黒様は描けるかどうかわかりません。ですが、屏風絵なら少しは自信があります。屏風絵はいかがでしょうか。本来、私が得意としますのは花鳥図です。春の桜、夏の朝顔、秋は萩（はぎ）、冬は雪をかぶった松。拝見いたしますところ、こちらのお屋敷は欄間（らんま）は梅の古木の透かし彫り、襖は金泥（きんでい）、引手は三日月の文様で、たおやかで華やかなものがお好みかと思います。喜んでいただけるものになるかと存じます」

「そうか」

お寅は作太郎の顔をじっと見た。

長い沈黙が流れた。

「あい、わかった。ならば、そちらに屏風絵を頼むことにする。先に手付けとして半金を渡す。残りは出来上がってからでよいか」

「ありがとうございます」

作太郎は頭を下げた。


お高と作太郎はお寅の元を辞した。

足元を提灯(ちょうちん)が照らしている。それぞれの思いにふけるように、どちらも黙っていた。角を曲がれば丸九はもうすぐだというところまで来たとき、作太郎が言った。

「今日はすっかり世話になりました。お高さんがいなかったら、どうなったか分からなかった。ありがとう」

他人行儀な言い方だった。

「いいえ、とんでもない。みんな作太郎さんの力です。長谷勝のお寅さんは情に流される人じゃぁありません。損得勘定の帳尻(ちょうじり)が合わなければ動かない人です。お寅さんは作太郎さんを認めたから、屏風絵を依頼したのです。十年後、二十年後を買ったんです。だから堂々と胸を張って、よいお仕事をしてください」

「そう言ってもらえると、ありがたい。お高さんに……この借りは必ず返しますから。店まで送ります」

礼儀正しい、けれど心のない言葉だった。

「大丈夫です。まだ、それほど夜も遅くないですから。それに、私は作太郎さんに貸しをつくった覚えはありませんから」

「いや、しかし……」

「私はそんな気持ちで長谷勝に案内したわけじゃありませんから」

お高は腹が立ってきた。

なぜ、作太郎はこんな言い方しかできないのか。

なぜ、黄表紙がうまくいかなかったことを黙っていたのか。さも、うまくいっているように取りつくろったのか。

自分の弱みを見せられないのは誇り高いからか。負けを認めるのが嫌なのか。

お高はその程度の、いいときだけ、よそいきの顔で会う、そういう相手なのか。

たくさんの思いが一度にわきあがってきた。

「では、私はこれで」

作太郎は背を向けた。その背中にお高は言葉をぶつけた。

「ばかにしないでください。私をなんだと思っているんですか。私は丸九の高ですよ。日本橋で店をはって、毎日、お客をたくさん呼んでいるんです。私はね、作太郎さんが英の跡取りで、将来のある絵描きで、……そんなふうに上っ面の、面白いところだけで親しくさせていただいているわけじゃないんです。私は作太郎さんが焼いてくださった茶碗が好きです。清潔な白でたっぷりと厚みがあって、そのくせ繊細でもろく、壊れやすいところが。頑固で人に弱みを見せるのが苦手で、自分だけは特別だと自惚れているところも、食べることが好きで、一緒にいると楽しいところも。そういう作太郎さんの全部を、ひっくるめて好ましいと思っているんです」

振り向いた作太郎は悲しそうな顔をしていた。今にも泣きだしそうな子供のような目だった。

「分からなくなってしまったんだ。なにをどう描けばいいのか。どういう絵が描きたかったのか。筆を持つのが怖いんだ。商いのことは分からない。人を使うこともできない。私にできるのは絵を描くことだけなんだ。その絵が描けなくなったら、私はなにをしたらいいんだ。もう私は、自分が誰なのかすら分からないんだ。あの場ではああ言ったけれど、今は逃げ出したい気持ちだ」

お高は駆け寄り、腕をのばして作太郎を抱きしめた。背の高い、やせているが骨のしっかりとした作太郎の体をお高は力強く受け止めた。

作太郎が泣いているのが分かった。

「大丈夫だから。もう、心配することなんかありませんから。作太郎さんならできますよ。黄表紙を描くため、みんなにあれこれ言われて、それに添うように工夫しているうちにご自分を見失ってしまった。それだけなんです。疲れてしまったんです。だから、安心してください。屏風絵は描きあがります。それを出発にすればいいんですよ」

何度も声をかけた。

作太郎の髪の匂いがお高を包んだ。お高は倒れないように足を踏ん張って立っていた。

薄い雲の向こうから淡い月の光がふたりを照らしていた。

ご飯のおかずに、酒のお供に

かさごの煮つけ

脂ののった白身のかさごは、味を含ませるのではなく、濃い目の煮汁をからめるようにして食べるのがおいしい。香りのよいごぼうのほかに、彩りよく小松菜を添えました。

【材料】（2人分）

かさご……2尾
しょうが……1片
ごぼう……1／2本
小松菜……2株

煮汁
しょうゆ……大さじ2
みりん……大さじ2
砂糖……小さじ2～大さじ1
（お好みで調整してください）
水……100mℓ
酒……100mℓ

お高の料理指南

【作り方】

1　かさごの下処理をする。

・かさご特有のとげに注意しながら、包丁の背で、尻尾から頭に向かって擦りながらうろこをおとしていきます。魚の処理に慣れていない方は、少し塩をふってぬめりをおとすと作業がしやすくなります。

・えら、背びれの先端を切り取り、お腹側から切り込みを入れ、はらわたを抜いて、水でよく洗います。

2　しょうがは皮つきのまま薄切り、ごぼうはアルミホイルやペットボトルのふたなどで軽く皮をこそげて、太いものは縦半分に切る。小松菜はさっとゆでてから、食べやすく5センチほどに切る。

3　1のかさごを霜降りにする。

・ざるに入れ、80度ぐらいの熱湯をかけます。

・流水で、うろこやお腹の中の血合いをもう一度よく洗い流しましょう。臭みが残るので、できる限りきれいにします。

4　3のかさごの水気を拭き取り、表面に、斜めに5㎜ほどの深さの切り込みを2、3本入れる。

5 鍋にしょうゆ以外の煮汁を沸騰させ、かさごを入れる。
強火で2～3分煮てあくをすくいとる。
しょうゆとしょうが、ごぼうを加え、落し蓋をする。
時々、落し蓋を外して、かさごにお玉で煮汁をかけながら、
中火で10分ほど煮る。
最後に2でゆでておいた小松菜を加えて、さっと煮汁をからめる。

6 器にかさご、ごぼう、小松菜、しょうがを盛りつけ、煮汁をかける。

＊5で鍋に入れたとき、かさごの高さの半分から2／3が煮汁に浸るよう、
煮汁の分量を調節してください。
丸九でもしているように、料理屋風に酒の分量を多くしましたが、
酒を減らしてその分水を増やしてもよいです。
＊落し蓋はアルミホイルやオーブンペーパーを丸く切ってのせてください。

つるんと冷たい、ちょっと贅沢な夏の甘味

葛まんじゅう

葛まんじゅう、今回はふた通りの作り方をご紹介します。
まずは、吉野の本葛で作るレシピです。

【材　料】（10個分）
本葛粉……50g
水……200mℓ
グラニュー糖……80g
小豆こしあん……200g

【作り方】
1 あんは10等分して丸め、乾燥しないようにラップをかけておく。
2 蒸し器を準備する。
3 本葛粉をボウルに入れ、分量の1／3の水を加えて指先でつぶすようにしながらよく溶き、なめらかになったら残りの水も加えて混ぜる。

あれば、目の細かいストレーナー(こし器)でこしながら鍋に入れる。

4 グラニュー糖を加えて弱火にかけ、木べらで鍋底からしっかり混ぜながら練る。
全体が半透明ののり状になったら火からおろし、素早く力強く練りあげる。
鍋底から葛が離れるようになればよい。

5 プリン型にラップを敷き、4の生地を水でぬらしたスプーンで
大さじ1程度入れ、まん中に1のあんをのせる。
その上から生地をもうスプーン一杯のせ、型からはずし、
ラップのなかであんを包むように茶巾に絞り、口を輪ゴムなどで留める。
*生地が冷えて固くなると、作業がしづらくなります。手早く行ってください。

6 濡れぶきんを敷いた蒸し器に入れ、約7~8分、全体が透明になるまで蒸す。
冷水にとって冷まし、ラップを外して器に盛る。

*冷蔵庫に長く入れておくと風味が落ちます。
できあがりを冷水で冷やしていただくのがおいしいです。

手軽につくるなら水まんじゅうの素を使って

簡単水まんじゅう

こちらはカラフルに、あんのかわりに缶詰のフルーツを使います。もちろん、フルーツのかわりにあんを入れても。

【材　料】（15個程度）

水まんじゅうの素……60g
グラニュー糖……180g
水……480㎖
缶詰のフルーツ（桃、みかん、伊予柑など）
＊型はプリン型、盃など、あるもので。

【作り方】

1　ボウルに水まんじゅうの素とグラニュー糖を入れ、泡だて器でよく混ぜる。
2　鍋に水を入れ、1も加えてよく混ぜ、中火でかき混ぜながら練りあげる。
　どろっとした粘度がついたら練りあがり。

3　水で濡らした型に七分目まで2を入れ、小さく切ったフルーツを押し込む。
フルーツが真ん中になるよう、さらに2少々をのせ、表面をならす。
粗熱がとれたら冷蔵庫で冷やし固める。

4　型からはずして、器に盛る。

＊水まんじゅうの素は製菓材料店、ネットなどで購入できます。
こちらの水まんじゅうは冷蔵ができます。

本書は、ハルキ文庫のために書き下ろされた作品です。

時代小説文庫
な 19-7

ずんだと神様(かみさま) 一膳(いちぜん)めし屋(や)丸九(まるきゅう)㊆

著者 中島久枝(なかしまひさえ)
2022年4月18日第一刷発行

発行者 角川春樹

発行所 株式会社 角川春樹事務所
〒102-0074 東京都千代田区九段南2-1-30 イタリア文化会館

電話 03(3263)5247[編集] 03(3263)5881[営業]

印刷・製本 中央精版印刷株式会社

フォーマット・デザイン& シンボルマーク 芦澤泰偉

ISBN978-4-7584-4475-0 C0193

http://www.kadokawaharuki.co.jp/[営業]
fanmail@kadokawaharuki.co.jp[編集] ご意見・ご感想をお寄せください。

時代小説文庫

杏の甘煮　一膳めし屋丸九㊂

中島久枝

書き下ろし

面倒見のいい女主人のお高、少々毒舌だがしっかり者のお栄、ちゃきちゃきと店を動き回るお近の三人で切り盛りする「一膳めし屋丸九」は、常連客でいつもにぎやか。そんなある日、ちょっとうさんくさい男が店にやってきた。男は「丸九」の先代でお高の父である九蔵の下で働いていたというが……。旬の食材で作る毎日のめしには、お高の心模様も表れる。ますますおいしいシリーズ第三巻。

白子の柚子釜　一膳めし屋丸九㊃

中島久枝

書き下ろし

姉御肌のおかみ・お高が切り盛りをする一膳めし屋「丸九」は、今日も大繁盛。ある日、先代から丸九で働くお栄は、一人歩きの夜道で、誰かに見られているような気配を感じる。それが度重なり、もしや別れた亭主ではと不安になるお栄。一方、色恋には奥手になってしまうお高は、旅に出たきり音沙汰のない作太郎のことでやきもきして……。実りの秋、人想う秋。ますますおいしくて目が離せない、シリーズ第四巻。

時代小説文庫

中島久枝
しあわせ大根
一膳めし屋丸九㊄

書き下ろし

大晦日。丸九のおかみ・お高を、想い人で、亡き父・九蔵が板長を務めた料亭英の跡取り・作太郎が訪ねてくる。贔屓の客用のおせち重のうち、煮しめの段の中身が消えてしまったという。作太郎は、九蔵の味を継ぐお高に、代わりの煮しめを作ってほしいと頭を下げる。でしゃばるようなことはしたくないとお高は尻込みするが——。人々の日々を支える一膳めし屋と、高級料亭の矜持がぶつかって、なにやら波乱の予感!? シリーズ第五作。

中島久枝
ねぎ坊の天ぷら
一膳めし屋丸九㊅

書き下ろし

葉桜の季節。常連でかまぼこ屋のご隠居・惣兵衛は、女房のお冬に、「あなたのお気持ちは、『ぶり』と思ってたら『かます』でした」と言われ、頭を抱えている。最近、自分が贈ったかんざしを挿していないことも気がかりの様子だ。一方お高は、想い人の作太郎と寄席に出かけ、帰りに寄ったそば屋で思い出の料理について語り合い——。かますの一夜干し、小竹葉豆腐、あずきのぜんざい。常連たちの悩みも新しい客の気持ちも懐深く受け止める、シリーズ第六作。